TRÊS RUSSOS
E COMO ME TORNEI UM ESCRITOR

MÁXIMO GÓRKI

TRÊS RUSSOS

E COMO ME TORNEI UM ESCRITOR

Tradução KLARA GOURIANOVA

Revisão de tradução GRAZIELA SCHNEIDER

Martins Fontes

© 2006, Livraria Martins Fontes Editora Ltda., São Paulo
Três russos e como me tornei um escritor
Máximo Górki

O original desta obra foi publicado em russo com os títulos
Liev Tolstói
O S. A. Tolstói
A. P. Tchékhov
Kniga o Leonide Andréieve
O tom, kak ia utchílssia pissát

1ª edição
março de 2006

Coleção Prosa

Tradução: Klara Gourianova
Revisão de tradução: Graziela Schneider
Preparação: Alan Araújo Zaarour e Rodrigo Gurgel
Revisão: Tereza Gouveia e Thelma Babaoka
Paginação: Triall Composição Editorial Ltda.
Projeto gráfico e capa: Joana Jackson
Produção gráfica: Geraldo Alves
Impressão e acabamento: Yangraf

Dados Internacionais de Catalogação na Publicação (CIP)
(Câmara Brasileira do Livro, SP, Brasil)

Górki, Máximo, 1868-1936.
Três russos e como me tornei um escritor / Máximo Górki; tradução de Klara Gourianova; revisão de tradução de Graziela Schneider; prefácio de Manuel da Costa Pinto. -- 1. ed. -- São Paulo : Martins, 2006. -- (Coleção Prosa)

ISBN 85-99102-23-0

1. Arte de escrever 2. Ensaios russos 3. Górki, Máximo, 1868-1936 4. Literatura russa I. Pinto, Manuel da Costa. II. Título. III. Série.

06-0628   CDD-891.7803

Índices para catálogo sistemático:

1. Escritores : Memórias : Literatura russa   891.7803
2. Memórias : Escritores : Literatura russa   891.7803

Todos os direitos desta edição para o Brasil reservados à
LIVRARIA MARTINS FONTES EDITORA LTDA. para o selo MARTINS.
Rua Conselheiro Ramalho, 330
01325-000 São Paulo SP Brasil
Tel. (11) 3241.3677 Fax (11) 3115.1072
info@martinseditora.com.br
www.martinseditora.com.br

Sumário

PREFÁCIO, *Manuel da Costa Pinto*   VII

LIEV TOLSTÓI   1

ANTON TCHÉKHOV   77

LEONID ANDRÊIEV   101

COMO ME TORNEI UM ESCRITOR   157

APÊNDICE   197

Prefácio

Textos em que escritores falam de escritores constituem um capítulo à parte dentro dos gêneros literários tradicionais. Assemelham-se aos ensaios, mas seu objeto não é a reflexão ou o testemunho de experiência, e sim uma espécie de duplicação da vivência pessoal e do registro artístico, cruzamento da escrita de quem escreve com a biografia e com a obra daquele sobre quem se escreve.

O resultado é um gênero singular, que pode servir de fonte para pesquisadores e críticos literários, mas que também pode ser lido como peça de alta literatura. Tanto é assim que, dentre os retratos de um romancista por outro, poucos se tornaram tão célebres quanto o notável quadro de Liev Tolstói pintado por Máximo Górki – a ponto de Thomas Mann considerá-lo o escrito mais importante do autor de *Pequenos burgueses* (conforme já chamou a atenção no Brasil o ensaísta e tradutor Boris Schnaiderman).

O presente volume permite, portanto, contemplar Górki praticando um tipo de escrita à qual se somam outros relatos exemplares: as narrativas de seus encontros com outros dois grandes nomes da literatura russa do século XX – Anton Tchékhov e Leonid

Andrêiev. E, como nunca deixa de acontecer nesse gênero literário-memorialístico, os textos servem simultaneamente como iluminações críticas sobre os autores em pauta e como formulação de uma poética pessoal – como se pode ler, ao final deste volume, no auto-retrato artístico "Como me tornei um escritor", no qual reconhecemos vestígios da leitura de seus mestres.

Dito isso, é preciso distinguir as razões que (para além do prazer suscitado pela escrita em cascata de Górki, na qual cada episódio desencadeia uma reflexão e vice-versa) tornam esses retratos importantes para o leitor de hoje. No primeiro caso, basta dizer, seguindo as palavras de Boris Eichenbaum, que "Górki liberta Tolstói do 'tolstoísmo' e mostra-nos sua fisionomia realmente vigorosa, gigantesca, terrivelmente russa". Ou seja, contra o clichê que divide a obra de Tolstói em duas metades bem delimitadas, antes e depois da famosa crise religiosa do fim da década de 1870, que o teria levado a renegar a arte, Górki nos apresenta uma alma de artista – um espírito certamente torturado, mas orgulhoso, até o limite da arrogância, de seu gênio criativo e de sua capacidade de compreender o homem.

"Ele tem mãos surpreendentes – feias, nodosas por causa das veias e, mesmo assim, cheias de peculiar expressividade e de força criativa. Leonardo da Vinci deve ter tido mãos como essas. (...) Ele se parece com um deus, não com Jeová ou com alguém do Olimpo, mas um deus bem russo, 'sentado num trono de bordo sob uma tília dourada' e, embora não seja muito majestoso, é mais astuto, talvez, do que todos os outros deuses." Górki alterna traços fisionômicos de Tolstói com falas inteiras nas quais se percebem as contradições de um homem que fala "como se a literatura fosse um assunto alheio para ele" e que prefere dissertar sobre Deus – mas cuja ética quase evangélica não o impede de zombar de Cristo.

Górki conviveu com Tolstói em seus últimos de vida, quando o autor de *Guerra e paz* renunciou à vida mundana e se refugiou em sua propriedade rural. Teria renunciado também à literatura? "Em

Iásnaia Poliana, ele me parecia um homem que já sabe de tudo, que não precisava saber mais nada, homem de problemas resolvidos". A frase do jovem escritor parece assinalar que Tolstói se entregara definitivamente ao credo niilista de *O que é a arte?* (libelo no qual invectivou contra os encantamentos supérfluos da estética) e *Sonata a Kreutzer* (novela contra a artificialidade das relações sociais, em que até o casamento e a procriação aparecem como deturpações de sua estranha concepção de 'natureza humana').

Entretanto, assevera Górki, "apesar da monotonia de sua pregação, este fabuloso homem é de uma diversidade infinita"; o deus russo é de uma fragilidade profundamente humana – e não é sem espanto que reconhecemos em sua esperança de que a natureza "fizesse exceção à sua lei", dando-lhe a imortalidade, a mesma perplexidade de Ivan Ilitch diante da morte iminente. Longe da imagem de um santo, portanto, temos um homem "próximo ao coração do mundo, pecador dos pés à cabeça, próximo ao coração de cada um de nós, para sempre", atavicamente ligado ao solo russo e ao imperativo segundo o qual "é preciso escrever sobre tudo".

Os dois outros retratos feitos por Górki parecem pertencer a outro mundo. Sai de cena a figura olímpica do escritor que dominou seu tempo, pintando-o em grandes afrescos; entra no palco a *persona* do escritor moderno, que encarna a má-consciência de uma época, impotente diante de uma realidade que apreende através de esboços sempre parciais. De um lado Tchékhov, o enfermiço dramaturgo de *O cerejal*, o escritor em cujo "riso suave e triste sentia-se o fino ceticismo de quem sabe o valor das palavras", atento para o "lado trágico das pequenas coisas" e para uma vulgaridade que tentou purgar com as armas da ironia. De outro, Andrêiev, o autor de *Os sete enforcados*, que "não gostava de ler e, sendo ele mesmo um fazedor de livros e criador de milagres, tinha desconfiança e menosprezo pelos livros antigos", o pessimista que comparava a adoração da literatura ao "fetichismo dos selvagens" – mas que, entre bebedeiras e peregrinações por bordéis, conservava um idealismo de fundo religioso, disperso nas meditações pascalianas transcritas por Górki.

Lidos em conjunto, esses três ensaios compõem uma espécie de síntese das ambivalências, obsessões, crenças e hesitações que aparecem em "Como me tornei um escritor". Oscilando entre realismo (entendido como compromisso com a situação social) e romantismo (definido como "prédica de uma atitude ativa perante a realidade, como prédica do labor e de uma educação que desperte a vontade de viver, como entusiasmo de construir suas novas formas e como ódio ao velho mundo"), Górki oscila entre o apelo programático da arte engajada e a fina sensibilidade literária de quem conhece por dentro o ofício de tecer enredos e compor personagens.

Seu ateísmo e seu "medo diante da vulgaridade e a crueldade da vida", entretanto, o impediram de substituir um Deus no qual não acreditava pelos ídolos de uma revolução à qual não deixou de ser fiel até o fim da vida. Suas verdadeiras divindades eram nomes como Stendhal, Flaubert, Dostoiévski e, obviamente, os "três russos" a quem dedicou essas páginas admiráveis.

Manuel da Costa Pinto

Liev Tolstói

Este ensaio foi composto de anotações fragmentárias que escrevi, morando em Oleiz, enquanto Liev Nikoláievitch estava em Gaspra[1], no início de sua grave doença e também depois da crise vencida. Achava perdidas essas anotações, escritas com descuido em pedacinhos de papel, mas há pouco tempo encontrei uma parte delas. Além disso, incluí a carta inacabada que escrevi, impressionado pela 'fuga' de Liev Nikoláievitch de Iásnaia Poliana e por sua morte. Publico esta carta sem mudar uma única palavra sequer, assim como foi escrita na época. E não a termino, pois, sabe-se lá por quê, é impossível fazê-lo.

ANOTAÇÕES

I

O pensamento que visivelmente aflige seu coração, mais do que outros, é o pensamento sobre Deus. Às vezes, dá a impressão de que isso não é exatamente um pensamento, mas uma resistência tenaz a algo que ele sente pesar sobre si. Conversa a respeito disso menos do que gostaria, mas reflete constantemente. É pouco provável que seja um sinal de velhice, um pressentimento da morte; não, eu acho que nele isso advém do belo orgulho humano. E também um pouco da mágoa, porque ser Liev Tolstói e submeter sua vontade a algum estreptococo é ultrajante. Fosse ele um naturalista, certamente lançaria hipóteses geniais, faria grandes descobertas.

---

1. Oleiz e Gaspra são povoados na Criméia. Gaspra é uma estação climatoterápica. (N. de T.)

II

Ele tem mãos surpreendentes – feias, nodosas por causa das veias e, mesmo assim, cheias de peculiar expressividade e de força criativa. Leonardo da Vinci deve ter tido mãos como essas. Com essas mãos pode-se fazer de tudo. Às vezes, conversando, ele mexe os dedos, aperta-os devagar em punho e, de repente, abre-os, pronunciando junto alguma palavra boa e de peso. Ele se parece com um deus, não com Jeová ou com alguém do Olimpo, mas um deus bem russo, "sentado num trono de bordo, sob uma tília dourada" e, embora não seja muito majestoso, é mais astuto, talvez, do que todos os outros deuses.

III

Por Sulerjítski ele tem uma ternura feminina. Tchékhov, ama como pai; nesse amor sente-se um orgulho de criador, enquanto Súler suscita nele justamente ternura, um constante interesse e uma admiração que parece nunca cansar o feiticeiro. Talvez haja um pouco de ridículo nesse sentimento, como no amor de uma solteirona por um papagaio, um cachorrinho, um gato. Súler – é uma espécie de ave admiravelmente livre, vinda de um país estranho e desconhecido. Uma centena de pessoas como ele poderia mudar a cara e a alma de uma cidade do interior. A cara elas quebrariam, e a alma encheriam de paixão por travessuras desenfreadas e engenhosas. Amar Súler é fácil e divertido, e quando vejo com que menosprezo o tratam as mulheres, elas me surpreendem e irritam. Porém, talvez, atrás desse menosprezo esconda-se muito habilmente a precaução. Súler não é homem constante. O que fará ele amanhã? Pode ser que jogue uma bomba ou vá se juntar aos cantores de taberna. Tem uma energia que dá para três vidas. O fogo vital é tão grande que ele parece soltar faíscas, como um ferro incandescente.

Mas um dia ele ficou muito zangado com Súler: Leopoldo, propenso ao anarquismo, discursava, com freqüência e ardor, sobre a liberdade do indivíduo, e Liev Nikoláievitch sempre zombava dele nessas ocasiões.

Lembro-me de que Sulerjítski conseguiu uma brochura fininha com o príncipe Kropótkin, inflamou-se com ela e o dia inteiro ficou contando a todos sobre a sabedoria do anarquismo, filosofando de maneira arrasadora.

— Ah, Lióvuchka, pare com isso, estou farto — disse com enfado L. N. — Você repete feito um papagaio uma só palavra – liberdade, liberdade – mas onde, em que está o sentido dela? Pois se você chegar a essa liberdade no sentido que imagina – o que acontecerá? No sentido filosófico – um vazio sem fundo – e na vida, na prática – você se transformará em um preguiçoso, um mendigo. O que ligará você, livre, segundo seu conceito, à vida, às pessoas? Veja, os pássaros são livres e, mesmo assim, fazem seus ninhos. Enquanto você não vai nem fazer um ninho, satisfazendo seu instinto sexual em qualquer lugar, como um cachorro. Pense bem e verá, sentirá que, no fim das contas, a liberdade significa vácuo, ausência de limites.

Ficou carrancudo, calou-se por um minuto e acrescentou, em voz mais baixa:

— Cristo era livre, Buda também, e os dois assumiram os pecados do mundo, submeteram-se voluntariamente ao cativeiro da vida terrestre. E mais longe do que isso ninguém foi, ninguém. E você, e nós... ora! O que somos? Todos nós procuramos ser livres das obrigações para com o próximo, enquanto justamente a consciência de ter essas obrigações é que nos torna gente e, se não houvesse essa consciência, viveríamos como bichos...

Deu um sorrisinho:

— Agora, pelo menos, estamos discutindo como se deve viver melhor. Isso não é grande coisa, mas já é um começo. Você, por exemplo, discute comigo, fica tão zangado que solta fogo pelas ventas, mas não bate em mim, nem me xinga. Se você se sentisse realmente livre, acabaria comigo e pronto.

Depois de ter se calado outra vez, completou:

— Liberdade é quando tudo e todos estão de acordo comigo, mas então eu não existo, porque nós nos percebemos somente em conflitos, em contradições.

IV

Goldenweiser estava tocando Chopin, o que levou Liev Nikoláievitch aos seguintes pensamentos:

— Um reizete alemão disse: "Lá, onde querem ter escravos, é preciso compor música o máximo possível". É uma idéia exata, uma observação exata – a música entorpece a mente. Os católicos entendem isso melhor do que os outros; os nossos popes, certamente, não vão se conciliar com Mendelson na igreja. Um pope de Tula assegurava-me de que Cristo não era judeu, embora fosse filho de Deus judaico e de mãe judia; isso ele reconhecia e, mesmo assim, disse: "Não é possível". Perguntei-lhe: "Mas como é então?" Ele deu de ombros e respondeu: "Isso para mim é um mistério!"

V

"Intelectual é o príncipe da Galícia, Vladimírko; ainda no século XII ele dizia com 'superatrevimento': 'Em nossos tempos não existem milagres'. Desde então, passaram-se seiscentos anos e todos os intelectuais continuam martelando uns para os outros: 'Milagres não existem, milagres não existem'. E o povo todo continua acreditando em milagres, como acreditava no século XII."

VI

— A minoria precisa de Deus porque todo o resto ela já tem, e a maioria precisa de Deus porque não tem nada.

Eu diria de outra maneira: a maioria acredita em Deus por covardia, e somente poucos com a plenitude da alma[2].

---

2. Para evitar mal-entendidos, devo dizer que vejo a criação religiosa como criação artística; a vida de Buda, de Cristo e de Maomé, como romances fantásticos. (N. do A.)

— Você gosta dos contos de Andersen? — perguntou-me ele, pensativo. — Eu não os entendia quando foram publicados na tradução de Marko Vovtchak e, passados dez anos, peguei o livro, li e, de repente, senti claramente que Andersen era muito solitário. Muito. Eu não conheço a vida dele, parece que era desregrada, ele viajava muito, mas isso só confirma a minha impressão: ele era solitário. Justamente por isso ele se dirigia às crianças, se bem que é errado pensar que as crianças têm mais compaixão pelo homem do que os adultos. As crianças não têm compaixão por nada, elas não sabem se compadecer.

VII

Recomendou-me ler o catecismo budista. Sobre o budismo e Cristo ele sempre fala com sentimentalismo. Fala especialmente mal sobre Cristo – não há em suas palavras nem entusiasmo nem ênfase e nenhuma centelha de ardor cordial. Creio que ele considera Cristo um ingênuo, digno de compaixão, embora o admire, às vezes, mas duvido que o ame. E é como que tivesse receio: se Cristo viesse a uma aldeia russa, as jovens camponesas zombariam dele.

VIII

Hoje esteve lá o grão-duque Nikolai Mikháilovitch, pelo visto uma pessoa inteligente. De comportamento modesto, de poucas palavras. Tem olhos simpáticos e talhe bonito. Seus gestos são tranquilos. L. N. sorria para ele e falava ora em francês, ora em inglês. Em russo, disse-lhe:

— Karamzin escrevia para o czar, Soloviov, longa e tediosamente, e Kliutchévski escrevia para sua própria diversão. É engenhoso: quando se lê, parece um elogio, mas, ao se analisar, é uma crítica.

Alguém mencionou Zabiélin.

— Muito simpático. Parece um escrivão. É um adeleiro amador, coleciona tudo o que presta e o que não presta. Descreve pratos de comida de tal maneira que parece nunca ter comido à vontade. Mas é muito, muito engraçado.

IX

Ele me lembra aqueles peregrinos com bastão na mão, que a vida toda andam medindo a Terra, fazendo milhares de verstas de um mosteiro a outro, de relíquia em relíquia, terrivelmente desamparados e alheios a tudo e a todos. O mundo não é para eles, Deus tampouco. Eles rezam a Ele por hábito, mas nos cantos recônditos da alma O odeiam: por que os faz correr de um lugar para outro, por quê? Essas pessoas são como tocos, raízes, pedras no caminho, tropeça-se nelas e, por vezes, sente-se dor. Pode-se passar sem elas, mas, em certas ocasiões, é agradável impressionar uma delas por não se parecer com ela, mostrar seu desacordo com ela.

X

"Frederico da Prússia disse muito bem: 'Cada um deve procurar se salvar *à sa façon*[3]. Foi ele também quem disse: 'Discuti como quiserdes, mas obedecei'. Porém, confessou no leito de morte: 'Cansei de governar escravos'. Os chamados grandes homens sempre são tremendamente contraditórios. Isso lhes é perdoado junto com qualquer outra tolice. Se bem que contradição não é tolice: o tolo é teimoso, mas não sabe contradizer. Sim, Frederico era uma pessoa estranha: ganhou entre os alemães a fama de melhor governador, mas não os suportava, não gostava nem mesmo de Goethe e de Wieland..."

XI

— O romantismo vem do medo de encarar a verdade — disse ele ontem, a respeito dos poemas de Balmont. Súler não concordou e, ceceando de excitação, leu pateticamente outros poemas dele.

— Isso, Lióvuchka, não é poesia, mas charlatanismo, 'besteirística' ou, como diziam na Idade Média, um entrançamento disparatado de palavras. A poesia é natural. Quando Fet escreveu:

---

3. Em francês no original: à sua maneira. (N. de E.)

...não sei o que eu cantarei,
só sei que a canção está amadurecendo...

...ele expressou com isso a percepção verdadeira, popular, da poesia. O mujique também não sabe o que está cantando – *ah!* e *oh!* e *ai!* – e nasce uma verdadeira canção, diretamente da alma, como o canto dos pássaros. Nesses seus novos poetas tudo é inventado. Há tolices francesas, 'articles de Pari'[4], pois é isso mesmo que fazem seus versejadores. Nekrássov também inventava seus poeminhas.

— E Béranger? — perguntou Súler.

— Béranger é outra coisa! Afinal, o que nós temos em comum com os franceses? Eles são sensualistas; a vida do espírito não é tão importante para eles quanto a da carne. Para um francês, a mulher está em primeiro lugar. É um povo gasto, surrado. Os médicos dizem que todos os tísicos são sensualistas.

Súler começou a discutir sem rebuços, o que é próprio dele, em uma verborragia indistinta.

L. N. olhou para ele e disse com um grande sorriso:

— Hoje você está cheio de caprichos, feito uma moça casadoira que não tem noivo...

XII

Alguma coisa a doença deixou de secar, de queimar dentro dele, e ele se tornou como que mais leve, transparente, mais receptivo à realidade. Os olhos ainda mais agudos, o olhar penetrante. Ouve com atenção e parece tentar lembrar o esquecido ou espera e tem certeza de receber algo novo, desconhecido. Em Iásnaia Poliana ele me parecia um homem que já sabe tudo, que não precisava saber mais nada, homem de problemas resolvidos.

---

4. 'Articles de Paris', reproduzido como pronunciado à maneira russa, produtos parisienses ou feitos em Paris. (N. de T.)

XIII

Se ele fosse peixe, nadaria, é claro, somente no oceano, não entrando em mares interiores e muito menos nas águas doces. Aqui, à sua volta, abrigam-se e passam para cá e para lá peixes miúdos; para eles não é interessante, é desnecessário aquilo que ele diz; e quando ele se cala, isso não os assusta, não os toca. Mas seu silêncio é grave, e ele sabe guardá-lo como um verdadeiro ermitão deste mundo. Embora fale muito sobre seus temas preferidos, percebe-se que fica cada vez mais calado. 'Certas coisas' não podem ser reveladas a ninguém. Provavelmente, tem pensamentos que lhe dão medo.

XIV

Alguém lhe mandou uma excelente versão da historinha sobre o afilhado de Cristo. Ele leu esse conto com deleite para Súler, para Tchékhov, leu maravilhosamente bem! Sobretudo, divertiu-se muito com a maneira como os diabos importunavam os senhores de terras, e havia algo nisso que não me agradou. Talvez ele não tivesse sido sincero, mas se foi, pior ainda.

Depois disse:

— Vejam como os mujiques sabem criar bem. Tudo é simples, poucas palavras, mas muito sentimento. A verdadeira sabedoria é lacônica, como "Deus nos acuda!"

Mas a historinha é cruel.

XV

Seu interesse por mim é um interesse etnográfico. A seus olhos, sou indivíduo de uma tribo pouco conhecida por ele, e é só.

XVI

Li para ele meu conto "O touro"; ele riu muito e me elogiou por conhecer 'os truques da língua'.

— Mas falta-lhe habilidade em manejar as palavras – a fala de todos os seus mujiques é inteligente demais. Na vida real, eles falam de uma maneira boba, nem dá para entender na hora o que quer dizer. Isso é feito de propósito – atrás das palavras tolas esconde-se a intenção de deixar o outro dizer o que tem em mente. Um bom mujique nunca mostra de vez sua inteligência; é desvantajoso para ele. Ele sabe que um bobo é tratado com simplicidade, sem artifícios, e é disso que ele precisa! Você está aberto diante dele, e ele logo vê todos os seus pontos fracos. É desconfiado, mesmo a sua mulher ele receia revelar algum pensamento especial. Enquanto em seus contos está tudo escancarado e cada um deles é um verdadeiro concílio ecumênico de sabichões. E todos falam por aforismos, isso também é errôneo, o aforismo não é próprio da língua russa.

— E os ditados e os provérbios?

— Isso é outra coisa. Não foram feitos hoje.

— Porém, o senhor mesmo fala por aforismos freqüentemente.

— Nunca! Além disso, você embeleza tudo: tanto as pessoas quanto a natureza, principalmente as pessoas! Assim fazia Leskov, um escritor extravagante, voluntarioso, já há tempos que não é lido. Não se deixe influenciar por ninguém, não tenha medo de ninguém, aí tudo irá bem...

XVII

No caderno de seu diário, que ele me havia emprestado para ler, surpreendeu-me um aforismo estranho: "Deus é meu desejo".

Hoje, devolvendo-lhe o caderno, perguntei-lhe o que era aquilo.

— Um pensamento não terminado — disse ele, olhando para a página com os olhos apertados. — Provavelmente, eu queria dizer: "Deus é meu desejo de conhecê-lo... não, não é isso..." Riu e, enrolando o caderno como um tubo, enfiou-o no largo bolso de seu blusão. Seu relacionamento com Deus lembra-me, às vezes, o relacionamento entre "dois ursos na mesma toca".

XVIII

Sobre a ciência.

— A ciência é uma barra de ouro, feita por um alquimista charlatão. Vocês querem simplificá-la e fazê-la acessível ao povo, quer dizer: cunhar uma enorme quantidade de moedas falsas. Quando o povo descobrir o valor real dessas moedas, não vai nos agradecer.

XIX

Estávamos passeando pelo parque Iussúpovski. Ele contava brilhantemente sobre os costumes da aristocracia moscovita. Uma mulher corpulenta trabalhava num canteiro, inclinada em ângulo reto, com as pernas de elefante à vista e os enormes peitos balançando. Ele a observou atentamente.

— Pois era nessas cariátides que se sustentava toda a magnificência e toda a doidice. Não apenas no trabalho dos mujiques e camponeses, homens e mulheres, não apenas nos tributos pagos por eles, mas no sangue do povo em pleno sentido da palavra. Se a nobreza não tivesse se acasalado de vez em quando com éguas como essa, estaria extinta há muito tempo. Desperdiçar as forças, como as desperdiçavam os jovens de minha época, não passa impunemente. Mas, criado o juízo, muitos deles esposavam as moças da criadagem e davam uma boa prole. Portanto, a força mujique veio a ajudar nisso também. Ela é necessária em tudo... E é preciso que a metade da estirpe use sua força para si e a outra se dilua no denso sangue mujique, diluindo-a também um pouco. Isso faz bem.

XX

Ele gosta de falar sobre as mulheres e fala muito, como um romancista francês, mas sempre com aquela rudeza de mujique russo, que antes me desagradava e deprimia. Hoje, no amendoal, ele perguntou a Tchékhov:

— Você era muito libertino na juventude?

Anton Pávlovitch deu uma risadinha e, cofiando sua barbicha, disse algo indistinto, enquanto L. N. confessou, olhando em direção ao mar:

— Eu fui um... infatigável.

Ele pronunciou isso com ar desolado, usando no final da frase uma palavra mujique picante. E aí notei, pela primeira vez, de que maneira natural ele pronunciou essa palavra, como se não conhecesse outra, mais digna, para substituí-la. E todas as palavras semelhantes saídas de sua boca, do meio da barba, soam simples, comuns, perdendo sua sujeira e grosseria soldadesca. Vem à memória meu primeiro encontro com ele, a conversa dele sobre meus contos "Várenka Oléssova" e "Vinte e seis e uma". Do ponto de vista comum, sua linguagem parecia uma cadeia ininterrupta de palavras 'indecentes'. Fiquei constrangido e até ofendido, pareceu-me que ele não me considerava capaz de entender outro tipo de linguagem. Agora entendo que era uma tolice eu me sentir ofendido.

XXI

Ele estava sentado num banco de pedra debaixo dos ciprestes, magrinho, pequeno, cinzento e, mesmo assim, parecido com Jeová, que cansou um pouco e se diverte, tentando acompanhar o assobio do tentilhão. O pássaro cantava no frondoso verdor escuro, ele olhava para lá, apertando os olhos aguçados, esticando o biquinho à maneira das crianças e assobiando desajeitadamente.

— Com que fúria canta o passarinho! Frenético. Que passarinho é?

Contei-lhe sobre o tentilhão e falei do ciúme que é muito característico desse passarinho.

— Uma só canção para a vida inteira, mas é ciumento. O homem tem centenas de canções dentro da alma e é censurado por ter ciúme. Será justo isso? — perguntou ele, pensativo, como que a si mesmo.

— Há momentos em que o homem fala para a mulher mais do que ela deve saber dele.

Ele diz e esquece, mas ela guarda na memória. Talvez o ciúme seja por medo de humilhar sua alma, por medo de ser humilhado e ridicularizado? A mulher perigosa não é a que segura o homem pelo..., mas aquela que o segura pela alma.

Quando eu lhe disse que nisso se sentia uma contradição com *Sonata a Kreutzer,* ele abriu um luminoso sorriso na largura de toda a sua barba e disse:

— Eu não sou um tentilhão.

À noite, passeando, ele disse inesperadamente:

— O homem sofre de terremotos, epidemias, horrores de doenças e todo tipo de tormentos da alma, mas, em todos os tempos, a tragédia mais torturante para ele foi, é e será a tragédia da cama.

Falando isso, ele sorria triunfalmente – por vezes ele tem esse sorriso largo e calmo de quem acaba de superar algo extremamente difícil, ou de quem, havia muito tempo, estava atormentado por uma dor aguda e, de repente, ela sumia. Todo pensamento crava-se em sua alma como um carrapato; e ele ou o arranca na hora ou o deixa sugar sangue à vontade e, ao amadurecer, desprender-se sozinho, imperceptivelmente.

Contando com animação sobre o estoicismo, ficou carrancudo, de repente, deu uns estalidos com a língua e falou em tom severo:

— Acolchoado e não acolchotado: existem os verbos acolchoar e acolchetar, mas o verbo acolchotar não existe...

Essa frase não tinha nenhuma relação com a filosofia dos estóicos. Vendo-me perplexo, disse-me depressa, apontando com a cabeça para a porta do quarto contíguo:

— Eles é que falam lá: cobertor acolchotado!

E continuou:

— Mas o melífluo tagarela Renan...

Dizia-me freqüentemente:

—Você conta bem, com suas próprias palavras e uma maneira forte, não a livresca.

Mas quase sempre notava os descuidos da linguagem e falava a meia voz, como que para ele mesmo:

— 'À semelhança' e ao lado; 'absolutamente', enquanto poderia ser 'completamente'.

Às vezes até censurava:

— 'Um indivíduo frágil' – será possível juntar palavras de naturezas tão diferentes? Não fica bem...

Sua sensibilidade a formas de linguagem, às vezes, parecia-me de uma agudeza doentia; numa ocasião ele disse:

— Numa frase, de não me lembro que escritor, encontrei 'tropa' e 'tripa'... nojento! Por pouco não vomitei.

Às vezes refletia:

— Nomeio e no meio: qual é a relação?

E uma vez, voltando do parque, disse:

— Agora há pouco o jardineiro disse: Custou a gente se entender. Estranho, não é? Forjam-se as âncoras, e não as mesas[5].

— Como se ligam os verbos *stolkovátsia* e *kovátsia*? Não gosto dos filólogos, são escolásticos, mas têm um trabalho lingüístico importante a fazer. Nós não entendemos as palavras que usamos. Por exemplo, como foi que se formaram os verbos *rogar* e *jogar*[6]?

De quem ele falava com a maior freqüência era Dostoiévski:

— Ele escrevia de uma maneira revoltante e até feia, de propósito – tenho certeza de que de propósito, por faceirice. Fazia exibição; em seu *O idiota* está escrito: "...num descarado assédio e afixamento de sua relação". Acho que deformou a palavra afixar de propósito. Porque é estranha, ocidental. Podem ser encontradas falhas imperdoáveis dele. O idiota diz: "O asno é uma pessoa bondosa e útil", mas ninguém ri, enquanto essas palavras deveriam, inevitavelmente, provocar riso ou alguma censura. E ele fala

---

5. Os componentes do verbo *stolkovátsia* (entender-se) significam *stol* (mesa) e *kovátsia* (forjar-se). (N. de T.)
6. *Procit* e *brocit* em russo. (N. de T.)

isso na presença das três irmãs que gostavam de galhofar dele. Particularmente Aglaia. Esse livro é considerado ruim e o maior mal dele é que o príncipe Míchkin é epiléptico. Fosse ele saudável, a ingenuidade de seu coração, sua candura, nos tocariam muito. Mas faltou coragem a Dostoiévski para fazê-lo saudável. E, além disso, não gostava de gente saudável. Tinha certeza de que, se ele é doente, o mundo inteiro também é...

Leu-nos, para Súler e para mim, uma versão da cena de perdição do *Padre Sérgio*, uma cena impiedosa. Súler ficou amuado e, inquieto, remexia-se na cadeira.

— O que há? Não está gostando? — perguntou L. N.

— É muito cruel, como em Dostoiévski. Essa moça é podre, tem peitos feito *blini*. E nada mais. Por que não pecou com uma mulher bonita e sadia?

— Seria um pecado sem justificativa, mas assim, pode-se justificá-lo com a piedade da moça: quem ia querê-la como ela é?

— Eu não entendo isso...

— Você não entende muitas coisas, Lióvuchka, você não tem malícia...

Entrou a mulher de Andrei Lvóvitch, a conversa interrompeu-se, e quando Súler e ela foram à casa dos fundos, L. N. disse-me:

— Leopoldo é a pessoa mais pura que eu conheço; Ele também é assim: se faz alguma coisa errada, é por piedade de alguém.

XXII

Mais do que tudo, ele fala mais de Deus, do mujique, da mulher. Da literatura – pouco e raramente – como se a literatura fosse um assunto alheio para ele. A meu ver, ele demonstra uma hostilidade irreconciliável pela mulher, se ela é uma criatura não totalmente limitada, não uma Kitty ou uma Natacha Rostova[7], e gosta

---

7. Kitty e Natacha Rostova são personagens, respectivamente, dos romances *Anna Kariênina* e *Guerra e paz*, de Tolstói. (N. de T.)

de puni-la. Será isso a hostilidade do homem que não soube haurir tanta felicidade quanto poderia, ou a hostilidade do espírito contra os 'humilhantes ímpetos da carne'? Mas é hostilidade, e uma hostilidade fria, como em *Anna Kariênina*. Sobre os 'humilhantes ímpetos da carne' ele falou muito bem no domingo, conversando com Tchékhov e Ielpátievski a propósito de *As confissões*, de Rousseau. Súler anotou suas palavras, mas depois, preparando café, queimou o papelzinho na espiriteira. E da outra vez queimou também a opinião de L. N. sobre Ibsen e perdeu a anotação sobre o simbolismo das cerimônias de casamento; L. N. contou delas coisas muito pagãs, coincidindo, às vezes, com V. V. Rózanov.

XXIII

De manhã chegaram dois 'stundistas'[8] de Teodósia[9], e o dia inteiro hoje ele fala com admiração dos mujiques.

Na hora do desjejum:

— Eles vieram, ambos bem fortes, robustos. Um disse: "Aqui estamos, sem sermos convidados", e o outro: "Se Deus quiser, sairemos sem sermos surrados". — E caiu numa risada infantil, vibrando de corpo inteiro.

E depois do desjejum, no terraço:

— Logo deixaremos de entender a linguagem do povo; nós aqui falamos: "a teoria do progresso", "o papel da personalidade na história", "a evolução da ciência", "disenteria", e o mujique dirá: "a verdade sempre aparece"[10] e todas as teorias, histórias e evoluções tornam-se míseras, ridículas, porque não são compreensíveis e necessárias para o povo. Mas o mujique é mais forte do que nós, ele é mais resistente, e com a gente pode acontecer o mesmo que aconteceu com uma extinta tribo, sobre o que disseram a um cientista:

---

8. Sectários do 'stundismo', corrente que combinava elementos do protestantismo à doutrina cristã, surgida entre os mujiques russos e ucranianos na segunda metade do século XIX, sob a influência dos colonos alemães. (N. de T.)

9. Cidade portuária da Criméia. (N. de T.)

10. Ditado russo cujo sentido literal é: "Não dá para esconder a sovela num saco". (N. de T.)

"Todos os atzuros morreram, mas tem aqui um papagaio que sabe algumas palavras da língua deles".

XXIV
"Pelo corpo, a mulher é mais sincera do que o homem, mas os pensamentos dela são falsos. Mas quando ela mente, não acredita em si mesma, enquanto Rousseau mentia e acreditava."

XXV
"Dostoiévski escreveu sobre um de seus personagens loucos que este vivia se vingando de si e dos outros por ter servido a uma causa, na qual não acreditava. Foi de si mesmo que ele escreveu, isto é, poderia dizer isso sobre si mesmo."

XXVI
— Algumas palavras eclesiásticas são muito obscuras; qual é, por exemplo, o sentido das palavras: "a terra do Senhor e da realização dela mesma". Isso não é da Sagrada Escritura, é um materialismo científico-popular.
— O senhor tem a interpretação dessas palavras em algum lugar — disse Súler. — E daí que eu tenho a interpretação..."Tem até sentido, mas nem tudo está explicador."[11]
E sorriu maliciosamente.

XXVII
Ele gosta de fazer perguntas difíceis e embaraçosas:
— O que pensa de si mesmo?
— Ama sua mulher?
A seu ver, meu filho Liev é talentoso?
— Gosta de Sófia Andrêievna?
É impossível mentir para ele.
Um dia perguntou-me:

---
11. Ditado popular russo. (N. de T.)

— Gosta de mim, A. M.[12]?

São travessuras de um herói popular: esse tipo de brincadeiras fazia na mocidade Vásska Busláiev, o traquinas de Nóvgorod. L. N. testa as pessoas, sempre põe algo à prova, como se pretendesse lutar. Isso é interessante, porém não é muito do meu gosto. Ele é um diabo e, eu, uma criança ainda, portanto não deveria mexer comigo.

XXVIII

Pode ser que o mujique para ele seja simplesmente um mau cheiro; ele o sente constantemente e, sem querer, vê-se obrigado a falar dele.

Ontem à noite contei-lhe sobre a minha batalha contra a viúva do general Cornet. Ele ria até chorar, até sentir dor no peito, soltava ais e uis, e gritava com voz fininha:

— Com a pá! Pela... com a pá, mesmo? Bem com..., com...! E era larga a pá?

Depois que recuperou o fôlego, disse seriamente:

— Até que você foi generoso, outro daria na cabeça dela, por uma coisa dessas. Foi muito generoso. Mas entendeu que ela desejava você?

— Não me lembro, não acho que tenha entendido...

— Mas como? É tão claro! É evidente que foi isso.

— Não era essa a minha preocupação naquela época.

— Não importa qual seja a preocupação, tanto faz! Você não é mulherengo, pelo visto. Outro faria carreira com isso, tornar-se-ia senhorio e cairia na bebedeira junto com ela.

Depois de um silêncio:

— Você é engraçado. Não se ofenda, mas muito engraçado! E é muito estranho que seja bondoso, mesmo tendo o direito de ser mau. Sim, poderia ser mau. Você é resistente, isso é bom...

---

12. Máximo Górki (Aleksei Maksimovitch Pechcov). (N. de T.)

E depois de mais um silêncio, acrescentou, pensativo:

— Eu não entendo sua mentalidade, é uma mentalidade muito embrulhada, mas seu coração é inteligente... sim, o coração é inteligente!

Comentário. Vivendo em Kazan, fui trabalhar de varredor e jardineiro na casa da generala Cornet. Era francesa, viúva do general, uma mulher jovem, gorda, com pezinhos minúsculos de uma adolescente; tinha os olhos surpreendentemente lindos, inquietos, sempre avidamente abertos. Creio que antes do casamento fora vendedora de feira ou cozinheira e, talvez, até 'moça de vida fácil'. Bebia já desde manhã e saía para o pátio ou o jardim somente de camisola e um roupão cor de laranja por cima, de sapatilhas de marroquim tártaras. Tinha uma basta cabeleira penteada de qualquer jeito; os cabelos caíam nas suas faces coradas e nos ombros. Uma jovem bruxa. Andava pelo jardim cantarolando em francês, observava meu trabalho e, de tempos em tempos, chegava até a janela da cozinha, pedindo: "Pauline, dê-me alguma coisa". 'Alguma coisa' sempre era o mesmo – um copo de vinho com gelo...

No andar térreo de sua casa levavam uma vida de órfãs três senhoritas, as princesas D.-G; seu pai, general-intendente, viajara não se sabe para onde, a mãe falecera. A generala Cornet pegou ódio das senhoritas e procurava despejá-las do apartamento, fazendo todo tipo de sujeira contra elas. Falava mal russo, mas praguejava perfeitamente, como um bom carroceiro. Desagradava-me muito sua atitude para com as inofensivas moças; elas eram tão tristes, amedrontadas, indefesas. Numa ocasião, por volta de meio-dia, duas delas estavam passeando pelo jardim, quando, de repente, chegou a generala, bêbada como sempre e começou a gritar com elas, expulsando-as do jardim. Caladas, elas se dirigiram à saída, mas a generala postou-se na portinhola, fechando-a com seu corpo, feito uma rolha, e pôs-se a proferir aquelas graves palavras russas que fazem estremecer até os cavalos. Pedi que parasse de xingar e deixasse as moças passarem, mas ela gritou para mim:

— Eu *ti conheçu*, tu entras pela janela delas quando é noite...

Fiquei zangado, peguei-a pelos ombros, afastei-a da portinhola, mas ela escapou, virou-se de frente para mim e, ao abrir rapidamente o roupão, levantou a camisola, e berrou:

— Eu *sô milhor* que essas ratazanas!

Então, fiquei furioso, virei-a de costas para mim e dei-lhe uma pazada abaixo da cintura, de modo que ela pulou fora da portinhola e correu pelo pátio, pronunciando com enorme surpresa três vezes:

— Oh! Oh! Oh!

Depois disso, peguei meu passaporte com Pauline, sua confidente e bêbada também, mas muito ardilosa, coloquei minha trouxa debaixo do braço e fui embora da casa, enquanto a generala, na janela com lenço vermelho na mão, gritava para mim:

— Eu não *vô chama* a polícia, não *tein* nada, *iscuti!Volti*... não *pricisa te* medo...

XXIX

Perguntei-lhe:

— O senhor concorda com Póznichev, quando ele fala que os médicos matavam e continuam matando milhares e centenas de pessoas?

— Interessa-lhe muito saber isso?

— Muito.

— Pois eu não direi!

E deu um sorriso, brincando com os polegares.

Lembro-me de que, em um de seus contos, há uma comparação de um curandeiro de cavalos com um doutor em medicina:

"As palavras *'guiltchak'*, 'hemorróidas' e 'sangria' não são por acaso o mesmo que nervos, reumatismos, organismos e assim por diante?"

Isso foi dito depois de Jenner, Behring, Pasteur. Mas que traquinas!

XXX

Como é estranho que ele goste de jogar baralho. Joga a sério, irritando-se. E suas mãos tornam-se tão nervosas, quando pega as cartas, como se ele segurasse pássaros vivos, não pedaços mortos de papelão.

XXXI

— Dickens disse um coisa muito inteligente: "A vida nos foi dada com a condição impreterível de defendê-la corajosamente até o último minuto". Em geral, era um escritor sentimental, palrador e não muito inteligente. Aliás, soube construir os romances como ninguém e, com certeza, melhor do que Balzac. Alguém disse: "Muitos são os obcecados pela paixão de escrever livros, mas poucos são os que têm vergonha deles depois". Balzac não tinha, Dickens tampouco, mas não são poucas as coisas ruins que ambos escreveram. E, mesmo assim, Balzac é um gênio, isto é, ele é justamente o que não se pode chamar de outra maneira, senão gênio...

Alguém lhe mandou o livro de Liev Tikhomírov *Por que deixei de ser revolucionário*; Liev Nikoláievitch pegou-o da mesa e disse, agitando-o no ar:

— Aqui se explica muito bem os assassinatos políticos, e que o sistema da luta não tem uma idéia clara em si. Tal idéia, diz o assassino ajuizado, só pode ser a onipotência anárquica do indivíduo e o desprezo à sociedade, à humanidade. Esse pensamento está correto, mas onipotência anárquica é um lapso, devia estar escrito 'monárquica'. A idéia é boa e correta, nela tropeçarão todos os terroristas, e estou falando dos honestos. Quem, por índole, gosta de matar, não tropeçará. Não tem em que tropeçar. Mas este é simplesmente um assassino e está com os terroristas por acaso...

XXXII

Às vezes, ele fica cheio de si e intolerante, como um sectário dogmático de além do Volga, e isso é horrível nele, um sino tão sonoro deste mundo. Ontem ele me disse: "Sou mais mujique do que você".

Oh, Deus, ele não deve se gabar disso, não deve!

XXXIII

Li para ele cenas da peça *Albergue noturno*. Ele ouviu atentamente e depois perguntou:

— Para que você escreve isso?

— Expliquei como pude.

— Em suas obras notam-se ataques de um galo de briga. E outra: você sempre quer cobrir todas as ranhuras e rachaduras com sua tinta. Lembre-se do que disse Andersen: "A douradura gastar-se-á e o couro de porco permanecerá"; mas os nossos mujiques dizem: "Tudo passará, só a verdade permanecerá". É melhor não cobrir, porque mais tarde é você quem vai se dar mal. Além disso, a linguagem é ágil demais, com truques, isso não é o certo. É preciso escrever de forma mais simples, o povo fala de maneira simples, até parece não ter nexo, mas fala bem. O mujique não perguntaria: "Por que um terço é maior do que um quarto, se quatro é sempre maior do que três?", como pergunta uma moça estudada. Não precisa de truques.

Ele falava com descontentamento, pois, pelo visto, não havia gostado nada do que li. Depois de um silêncio, disse, sem olhar para mim, em tom sombrio:

— Seu velho é antipático, não se acredita na bondade dele. O ator... é bom. Conhece *Os frutos da civilização*? Lá, meu cozinheiro se parece com seu ator. É difícil escrever peças. E sua prostituta ficou bem, deve haver desse tipo. Viu algumas assim?

— Vi.

— Sim, percebe-se. A verdade sempre se deixa reconhecer onde quer que esteja. Você fala muito à sua própria maneira, por isso não há personagens típicas e todas têm a mesma cara. Você, provavelmente, não compreende as mulheres, elas não saem bem, nenhuma. Não ficam na memória.

Entrou a mulher de A. L.[13] e convidou-nos a tomar chá; ele se levantou e saiu muito depressa, como se tivesse ficado feliz em encerrar a conversa.

XXXIV

— Qual foi o sonho mais terrível que você teve?

— Raramente eu tenho sonhos e lembro-me mal deles, porém, dois sonhos ficaram na memória para o resto da vida, provavelmente: Uma vez sonhei com um céu pestilento, pútrido, de um amarelo esverdeado, as estrelas eram redondas e chatas, sem raios nem brilho, feito chagas na pele de um caquético. Por entre elas, deslizava lentamente na superfície daquele céu um raio muito parecido com uma serpente e, quando ele tocava uma estrela, esta, inchando-se de imediato, virava uma bola e estourava silenciosamente, deixando em seu lugar uma mancha escura, como uma fumaça que desaparecia rapidamente no líquido e purulento céu. Assim, uma por uma, todas as estrelas estouraram, pereceram, o céu tornou-se mais escuro, mais apavorante, depois levantou-se em nuvens, ferveu e, rasgando-se em farrapos, começou a cair na minha cabeça numa galantina líquida, enquanto, nos rasgões entre os farrapos, aparecia o pretume luzente da folha-de-flandres.

— L. N. disse:

— Isso é por causa de livros de ciência, deve ter lido algo sobre a astronomia, daí o pesadelo. E o outro sonho?

— O outro: uma campina nevada. Lisa, como uma folha de papel, nenhuma colina, nenhuma árvore nem arbusto, apenas raros gravetos se assomavam na neve em raros lugares. De um limite do horizonte a outro se estende do deserto morto a marca amarelada da vereda, e pela vereda, caminham lentamente botas de feltro cinza, vazias.

---

13. Andrei Lvóvitch, filho de Tolstói. (N. de T.)

Ele levantou suas bastas sobrancelhas de silvano[14], olhou-me atentamente, pensou.

— Isso dá medo! Sonhou realmente, não inventou? Nisso também tem algo de livresco.

E, de repente, como que zangado, começou a falar em tom descontente e severo, batendo com os dedos no joelho:

— Pois você é abstêmio, não é? Não parece beber muito em algumas ocasiões. Mas nesses sonhos tem algo de bêbado. Para o escritor alemão Hoffmann, suas mesas de jogo corriam pelas ruas e coisas desse tipo. Pois ele era alcoólatra, 'caôlatra', como dizem cocheiros alfabetizados. Botas vazias marchando dão medo de verdade! Mesmo que tenha inventado, é ótimo! Dá medo!

Inesperadamente, sorriu em toda a largura de sua barba, até as maçãs do rosto brilharam.

— Mas imagine só: de repente, corre pela Tverskáia[15] uma mesa de jogo com pés arqueados, as tábuas batendo e soltando pó de giz, e no pano verde ainda podem-se ver os algarismos: pois uns agentes do fisco ficaram jogando *wint*[16] durante três dias e três noites seguidas, ela não agüentou mais e fugiu.

Ele riu, e deve ter notado que eu estava um tanto desgostoso com sua desconfiança.

— Está ofendido porque seus sonhos me pareceram livrescos? Não se ofenda, eu sei que há ocasiões quando, sem perceber, a gente inventa cada coisa que não dá para acreditar, e parece que foi um sonho, e não inventado em absoluto. Um terratenente velho conta que, num sonho, ele estava atravessando uma floresta, saiu para a estepe e viu: havia duas colinas na estepe e, de repente, elas

---

14. **S.m. 1.** Na mitologia romana, cada uma das divindades dos bosques e dos campos; **adj. 2** relativo aos bosques; **adj. sm. 3.** que ou o que vive nos bosques, no campo ou na selva; **4. p.us.** diz-se de ou indivíduo rústico; diz-se de ou o camponês rude, lapuz. **ETM lat.** *Silvanus,*i "Silvano, divindade das florestas". (*Dicionário Houaiss da língua portuguesa*, Rio de Janeiro, Objetiva, 2001.) (N. de E.)

15. Rua principal de Moscou. (N. de T.)

16. Jogo de cartas alemão. (N. de T.)

se transformaram em peitos femininos e, entre eles, levantou-se um rosto negro com duas luas no lugar dos olhos, como leucomas, ele próprio já estava entre as pernas de uma mulher, mas diante dele – um barranco que o absorvia. Depois disso, começou a encanecer, ter tremedeira nas mãos e foi ao exterior, numa estação de águas para se tratar com o doutor Kneipp. Esse devia ter sonhado com algo assim, pois era um devasso.

Deu-me palmadas no ombro.

— Como você não é nem bebum, nem devasso, como pode ter sonhos desses?

— Não sei.

— Nós não sabemos nada sobre nós mesmos!

Ele suspirou, apertou os olhos, refletiu e acrescentou, mais baixo:

— Não sabemos nada!

Hoje à tarde, durante o passeio, pegou-me pelo braço, dizendo:

— Mas as botas marchando é horripilante, não é? Completamente vazias... puf, puf e a neve rangendo! Sim, ótimo! E, mesmo assim, você é muito livresco, muito! Não se zangue, é só que isso é ruim e vai atrapalhar você.

Duvido que eu seja mais livresco do que ele, mas desta vez ele me pareceu um racionalista cruel, apesar de todas as suas ressalvas.

XXXV

Às vezes dá essa impressão: que ele acaba de chegar de algum lugar longínquo, onde as pessoas pensam de maneira diferente, tratam uns aos outros de maneira diferente, até se movem diferente e falam outra língua. Ele fica sentado num canto, fatigado, cinzento, como se estivesse coberto com a poeira de outras terras, e examina atentamente todo mundo com os olhos de uma pessoa estranha e muda.

Ontem, antes do almoço, ele entrou na sala exatamente assim, vindo de longe, sentou-se no sofá e, depois de um minuto de silêncio, disse, de repente, balançando-se, esfregando os joelhos com as mãos e franzindo o rosto:

— Isso ainda não é tudo, não, não é tudo.

Uma certa pessoa, sempre boba e tranqüila, como uma porta, perguntou-lhe:

— O que foi que disse?

Ele fitou a pessoa, inclinou-se mais para baixo, olhou para o terraço, onde estávamos o doutor Nikítin, Ielpátievski e eu, e perguntou:

— Sobre o que estão falando?

— Sobre Pleve... Sobre Pleve... Pleve... — pensativo, repetiu ele, como se ouvisse este nome pela primeira vez, depois se animou, como um pássaro, e com um leve riso disse:

— Desde hoje de manhã tenho uma tolice na cabeça: alguém me disse que leu este epitáfio no cemitério:

> Sob esta lápide Ivan Iegóriev descansa em paz
> De profissão foi curtidor e sempre macerava couros
> Trabalhador honesto, e homem justo e bondoso,
> Mas faleceu, deixando seu curtume à esposa
> Não era velho e muito poderia conseguir ainda
> Mas Deus o levou para viver no paraíso
> Na noite de sexta para o sábado da semana de Paixão...

E qualquer coisa a mais do gênero...

Calou-se, depois, balançando a cabeça e completou com um fraco sorriso:

— Há, na estupidez humana, algo de comovente, até simpático, quando ela não é má... Sempre há...

Fomos chamados para almoçar.

XXXVI

— Eu não gosto de bêbados, mas conheço pessoas que, quando bebem, tornam-se interessantes, adquirem espírito, beleza de pensamento, habilidade e riqueza verbal, não próprios deles quando sóbrios. Nestes casos sou capaz de abençoar o vinho.

Súler contou: junto com Liev Nikoláievitch ele andava pela Tverskáia. De longe, Tolstói avistou dois couraceiros. Brilhando no sol com a armadura de cobre, ressoando com as esporas, eles marchavam lado a lado, como se tivessem sido fundidos num só, os rostos irradiavam a satisfação da força e da juventude.

Tolstói começou a censurá-los:

— Que tolice majestosa! Perfeitos animais, amestrados a pauladas...

Mas quando os couraceiros passavam por nós, ele parou e, seguindo-os com olhar carinhoso, disse, cheio de admiração:

— Mas como são bonitos! Romanos antigos, não é, Lióvuchka? Vigor, beleza, oh, meu Deus! Como é bom, quando o homem é bonito, como é bom!

XXXVII

Num dia de calor, na rua de baixo, ele passou por mim: ia a cavalo em direção a Livádia[17], montado num cavalinho tártaro, tranqüilo. Agrisalhado, hirsuto, com um leve chapéu de feltro branco achatado como um cogumelo, ele parecia um gnomo.

Refreando o cavalo, puxou conversa comigo; caminhei junto ao estribo e, entre outras coisas, disse-lhe que recebera uma carta de V. G. Korolenko. Tolstói sacudiu a barba com um ar bravo:

— Ele acredita em Deus?

— Não sei.

— Não sabe o principal. Ele acredita, mas se envergonha de confessar isso aos ateístas.

Resmungava, mostrando-se ranzinza, apertando os olhos com ar zangado. Ficou claro que eu o incomodava, mas quando quis me afastar, deteve-me:

— Aonde vai? Estou indo devagar.

E resmungou novamente:

— Esse seu Andréiev também tem vergonha dos ateístas, mas também acredita em Deus, e Deus lhe dá medo.

---

17. Povoado montanhoso próximo a Ialta, situado na beira do mar Negro. (N. de T.)

No limite da propriedade do grão-duque A. M. Románov, no meio do caminho, estavam conversando três Románov: o proprietário do Ai-Todor[18], Gueórgui e mais um, parece que era Piotr Nikoláievitch, de Diulberg[19] – todos bravos e grandes homens. Uma caleche de um cavalo estava no caminho e, atravessado, um ginete; Liev Nikoláievitch não podia passar de jeito nenhum. Ele fitou os Románov com um olhar severo e exigente. Mas, ainda antes, eles lhe deram as costas. O ginete vacilou e afastou-se um pouco para o lado, deixando passar o cavalo de Tolstói.

Passados uns dois minutos andando calado, ele disse:

— Reconheceram-me, os parvos.

E um minuto depois:

— O cavalo entendeu que é preciso abrir caminho para Tolstói.

XXXVIII

"Cuide de si, antes de tudo, para si mesmo, assim sobrará muito para os outros também."

IXL

"O que significa 'saber'? Pois eu sei que sou Tolstói, escritor, tenho mulher, filhos, cabelo branco, rosto feio, barba – tudo isso escrevem nos passaportes. Mas não escrevem sobre a alma nos passaportes, e sobre a alma só sei uma coisa: a alma quer proximidade com Deus. E o que é Deus? É aquilo do que minha alma é uma partícula. Eis tudo. Para quem aprendeu a pensar, é difícil crer, e viver em Deus pode se apenas com fé. Tertuliano disse: 'O pensamento é um mal'."

XL

Apesar da monotonia de sua pregação, este fabuloso homem é de uma diversidade infinita.

---

18. Cabo da Criméia nas proximidades de Ialta. (N. de T.)
19. Lugar próximo a Ai-Todor. (N. de T.)

Hoje, no parque, conversando com o mulá de Gaspra, ele se portava como um mujique crédulo e simplório, para quem chegou a hora de refletir sobre o fim de seus dias. De estatura pequena e ainda encolhendo-se como que de propósito, ao lado do tártaro robusto e imponente, ele parecia um ancião, cuja alma pôs-se a matutar pela primeira vez sobre o sentido da vida e tem medo das perguntas que nela surgiram. Com ar de surpresa, ele levantava as sobrancelhas hirsutas e, piscando timidamente, apagou dos olhos sua insuportável luzinha penetrante. Seu olhar imóvel e examinador cravou-se no largo rosto do mulá, as pupilas dilatadas perderam a acuidade que desconcerta as pessoas. Fazia ao mulá perguntas 'infantis' sobre o sentido da vida, sobre a alma e Deus, substituindo com uma habilidade extraordinária os versos do Alcorão pelos do Evangelho e dos profetas. No fundo, ele estava brincando, e fazia isso com uma mestria surpreendente, que apenas um grande artista e sábio poderia atingir.

Alguns dias antes, conversando com Tanéiev e Súler sobre música, ele transbordava de admiração, feito uma criança, e percebia-se que ele gostava de sua admiração, ou melhor, de sua capacidade de admirar. Disse que Schopenhauer foi quem escreveu melhor e mais profundamente sobre a música do que todos; de passagem, contou uma piada engraçada sobre Fet e chamou música 'uma prece muda da alma'.

— Como assim, muda?
— Porque não tem palavras. No som há mais alma do que no pensamento. O pensamento é um porta-moedas, enquanto o som não foi emporcalhado por nada, ele é puro por dentro.

Com um visível prazer ele pronunciava doces palavras infantis, lembrando-se das melhores, das mais carinhosas delas. E, de súbito, sorrindo na barba, disse em tom suave, como um afago:

— Todos os músicos são gente tola, e quanto mais talentoso é o músico, mais limitado é. O estranho é que quase todos eles são religiosos.

XLI

A Tchékhov, por telefone:

— Hoje o dia para mim está tão bom, sinto tanta felicidade dentro da alma e desejo que você também se sinta feliz. Você, especialmente! Você é muito bom, muito!

XLII

Ele não ouve e não acredita quando falam o que não é necessário. Na verdade, ele não pergunta, ele interroga. Como um colecionador de raridades, ele pega para si somente o que não pode quebrar a harmonia de sua coleção.

XLIII

Vendo sua correspondência:

— Fazem alarde, escrevem, mas quando eu morrer, um ano depois, vão perguntar: Tolstói? Ah, é! O conde que tentava fazer sentido e aconteceu alguma coisa com ele, é esse?

XLIV

Várias vezes vi em seu rosto, em seu olhar, um sorriso malicioso e contente de quem inesperadamente acha algo guardado por ele. Guardou e esqueceu: onde foi que guardei? Passou longos dias preocupado, secretamente, pensando sempre: onde foi que meti aquilo de que eu preciso? E temia que os outros notassem sua preocupação, sua perda, notassem e fizessem alguma coisa desagradável, má. De repente, lembra-se e encontra. Fica todo feliz e, sem procurar esconder sua alegria, olha para todo mundo com malícia, como que dizendo:

"Vocês não vão poder fazer nada comigo."

Mas o que e onde achou, não fala.

A gente não se cansa de se surpreender com ele e, mesmo assim, é difícil estar com ele muito tempo. Eu não poderia viver com ele na mesma casa, imagine no mesmo quarto. É como num deserto, onde tudo já foi queimado pelo sol, e o próprio sol também está se apagando, ameaçando com uma interminável noite escura.

A CARTA

Acabara de despachar para o senhor uma carta e chegaram telegramas sobre 'a fuga de Tolstói'. Eis que, ainda não separado do senhor em pensamento, escrevo-lhe novamente.

É provável que tudo o que tenho vontade de lhe dizer a respeito dessa novidade seja dito de maneira confusa, talvez até áspera e raivosa, pois me perdoe por isso: sinto-me como se alguém me pegasse pelo pescoço e estivesse me sufocando.

Muitas vezes e longamente ele conversava comigo; quando vivia em Gaspra, na Criméia, eu o visitava freqüentemente, ele também vinha me ver de boa vontade, com atenção e amor eu lia seus livros e, parece-me, tenho o direito de falar sobre ele aquilo que penso, mesmo que isso seja ousado e divirja muito da opinião geral sobre ele. Sei, não menos do que outros, que não há ninguém mais digno de ser chamado gênio, ninguém mais complexo, contraditório e belo em tudo, sim, sim, em tudo. Belo num sentido singular, amplo e que escapa das palavras. Há nele algo que sempre me suscitava a vontade de gritar para todo mundo: olhem que homem surpreendente vive na Terra! Porque ele é universal e, antes de tudo, um homem, homem da humanidade.

Mas sempre me afastava dele essa sua obstinada e despótica ambição de transformar a vida do conde Liev Nikoláievitch Tolstói na "vida do Santo padre nosso beatífico boiardo Liev". Sabe, fazia tempo que ele tinha vontade de 'sofrer'; expressava a Evguêni Soloviov e a Súler seu lamento de não ter chegado a isso. Mas ele queria sofrer não assim, simplesmente, não por desejo natural de testar a força de sua vontade, mas com a clara e – repito – despótica intenção de reforçar o peso de sua doutrina, fazer com que sua pregação fosse incontestável, santificá-la aos olhos dos outros com seu sofrimento e fazer as pessoas aceitá-la, entende, fazer! Pois ele sabia que ela não era bastante convincente. Com o tempo, lerá em seu diário bons exemplos do ceticismo em relação a sua pregação e sua personalidade. Ele sabe que 'mártires e sofredores raramente não se tornam déspotas e opressores', ele sabe tudo! E, mesmo assim, diz: "Tivesse eu sofrido pelas minhas idéias, elas causariam outra impressão". Isso sempre me empurrava para longe dele, porque não posso deixar de sentir nisso uma tentativa de violência contra mim, a vontade de se apoderar da minha consciência, deslumbrá-la com o fulgor do sangue justo, de pôr no meu pescoço o jugo do dogma.

Ele sempre exaltava a imortalidade do além-vida, porém gosta mais dela aqui. Escritor nacional no sentido mais verdadeiro desse conceito, ele encarnou em sua imensa alma todos os defeitos da nação, todos os traumas causados pelas torturas ao longo de nossa história... Tudo é nacional nele, e toda a sua pregação é reação ao passado, ao atavismo que nós quase começamos a erradicar, a superar.

Lembra-se de sua carta "A intelectualidade, o Estado, o povo", escrita em 1905? Que coisa ofensiva e maldosa! Tão alto soa nela o sectarismo: "Ahá! Não quiseram me ouvir!" Na época, escrevi-lhe uma resposta, baseada em suas próprias palavras, ditas para mim, que ele "há muito tempo perdera o direito de falar sobre o povo russo e em nome dele", e sou testemunha de como ele não queria ouvir e compreender o povo que vinha conversar com ele de todo coração. Minha carta era muito áspera e não a enviei.

Pois agora, provavelmente, está fazendo seu último salto para dar a suas idéias um significado mais elevado. Como Vassíli Busláiev, ele gostava de dar saltos, em geral, porém mais para o lado da afirmação de sua santidade e à procura do nimbo. Isso vem da Inquisição, embora sua doutrina se justifique pela história antiga da Rússia e pelos martírios pessoais de um gênio. A santidade logra-se por meio da admiração dos pecados, por meio da escravização de sua vontade de viver...

Em Liev Nikoláievitch há muito daquilo que, por vezes, provocava dentro de mim um sentimento próximo ao ódio, e que se entornava em cima da minha alma, como um peso opressor. Sua personalidade, excessivamente inflada, é um fenômeno monstruoso, quase deforme; há nele algo do Sviatogor-Bogatyr[20], o qual a Terra não agüentava. Sim, ele é grande! Estou profundamente convencido de que, além daquilo que ele fala, tem muito sobre o que ele cala, cala mesmo no seu diário e, talvez, jamais dissesse a ninguém. Esse 'algo' eram alusões que somente por vezes escapavam em suas conversas ou se encontravam nos dois cadernos do diário que ele deu a mim e a L. A. Sulerjítski para que lêssemos. Esse algo me parece uma espécie de 'negação de todas as afirmações', um profundo e maldoso niilismo, surgido no solo do infinito e irreparável desespero e solidão que, talvez, antes desse homem, ninguém tivesse sentido com uma clareza tão terrível. Freqüentemente dava-me a impressão de que, no fundo de sua alma, ele era homem de uma indiferença inabalável pelas pessoas que, para ele, tão mais alto e potente, pareciam semelhantes a moscas, e a agitação delas – ridícula e lamentável. Ele se afastou demais delas num deserto e lá, numa enorme tensão de todas as suas forças espirituais e na solidão, procura enxergar 'o principal' – a morte.

A vida toda ele a temia e a odiava, a vida toda palpitava perto de sua alma "o terror de Arzamás"[21] – ora, morrer ele, Tolstói? O mundo inteiro, a Terra toda olha para ele: da China, da Índia, da América – de toda parte estendem-se até ele fios vivos e trêmulos, sua alma é para todos e para sempre! Por que a natureza não faria uma exceção à sua lei e não daria imortalidade física a um de seus homens, por quê? É claro que ele é racional e inteligente demais para

---

20. Herói popular épico. (N. de T.)
21. Durante estada em Arzamás, Tolstói foi tomado de desespero e terror (cidade da Rússia, na região de Níjni Nóvgorod) e, posteriormente, descreveu no conto inacabado "Memórias de um louco". (N. de T.)

acreditar em milagres, mas, por outro lado, é brincalhão, experimentador e, como um jovem recruta, age com violência e loucura por medo e desespero diante do incógnito quartel. Lembro-me de que em Gaspra, após a convalescença, ao terminar a leitura do livro de Liev Chestov, *O bem e o mal na doutrina de Nietzsche e do conde Tolstói*, ele disse em resposta à observação de A. P. Tchékhov "não gostei desse livro":

— Mas eu o achei divertido. Escrito com gabolice, mas nada mau, interessante. Gosto de cínicos, quando são francos. Diz ele: "A verdade não é necessária". E está certo: para que precisa da verdade? Vai morrer mesmo.

E, vendo que suas palavras não tinham sido entendidas, acrescentou:

— Se o homem aprendeu a pensar, seja lá o que for que ele pense, ele sempre pensa na sua morte. Como todos os filósofos. O que são verdades, uma vez que a morte virá?

Depois foi dizendo que a verdade é uma só para todos – o amor a Deus, mas falava sobre o assunto com frieza e lassidão. No terraço, terminado o almoço, pegou novamente o livro e, ao achar o trecho no qual o autor escreve: "Tolstói, Dostoiévski e Nietzsche não podiam viver sem encontrar resposta para suas perguntas, e para eles qualquer resposta era melhor do que nada", riu e disse:

— Mas que cabeleireiro audacioso – escreve sem mais nem menos que eu enganei a mim mesmo, o que significa que aos outros também. Pois isso se deduz claramente...

Súler perguntou:

— E por que cabeleireiro?

— Por nada — respondeu ele, pensativo — passou-me pela cabeça, ele é de moda, bem chique, e lembrei-me de um cabeleireiro de Moscou, no casamento do seu tio mujique, na aldeia. As melhores maneiras, dança *lancier*[22], por isso despreza todo mundo.

---

22. Antiga dança francesa. (N. de T.)

Reproduzo esta conversa quase literalmente, ela ficou na memória e até a anotei, como muitas outras coisas que me impressionavam. Eu e Sulerjítski fazíamos muitas anotações, mas Súler perdeu as suas no caminho de Arzamás, quando foi me ver lá. Em geral, ele era muito negligente, embora amasse Liev Nikoláievitch à maneira feminina, mas se relacionava de uma maneira um tanto estranha, exatamente com ar de arrogância. As minhas guardei não sei onde e não consigo achar, devem estar com alguém na Rússia. Eu observava Tolstói muito atentamente, porque procurava, até hoje procuro e vou procurar até a morte, um homem que tenha uma fé viva, real. E também porque, certa vez, A. P. Tchékhov, falando da nossa falta de cultura, lamentou:

— Cada palavra de Goethe foi anotada, mas as idéias de Tolstói perdem-se no ar. Isso, meu caro, é a intolerável maneira russa. Mais tarde vão criar juízo, começarão a escrever memórias e mentirão.

E, mais adiante, a respeito de Chestov:

— Não é possível, diz ele, viver vendo terríveis fantasmas. De onde ele sabe o que é possível e o que é impossível? Pois se soubesse, se tivesse visto fantasmas, não estaria escrevendo disparates, mas se ocuparia de coisas sérias, o que Buda fez a vida toda.

Alguém disse que Chestov era judeu.

— É bem difícil — desconfiou L. N. — Não, ele não parece ser incrédulo; não existe judeu ateu, cite-me um, pelo menos... Não!

Parece, às vezes, que esse velho feiticeiro brinca com a morte, faz charme e procura enganá-la de alguma maneira: não tenho medo de ti, amo-te, espero-te. Mas a vigia com seus olhinhos agudos: como és? E o que há para lá de ti, lá longe? Vais me aniquilar totalmente ou alguma coisa sobrará para viver?

Uma impressão estranha produziam suas palavras: "Sinto-me bem, sinto-me tremendamente bem, bem demais". E logo em seguida: "Seria bom sofrer". Sofrer também é sua verdade; não duvido nem por um segundo que ele, ainda meio doente, estaria sinceramente feliz em ir parar na prisão, no exílio, enfim, passar por um martírio. Provavelmente, o martírio pode justificar a morte de certa maneira, torná-la mais compreensível, aceitável do ponto de vista exterior, formal. Mas não, nunca ele se sentia bem, nunca e em lugar algum, tenho certeza: nem nos 'livros de sabedoria', nem no 'dorso do cavalo', nem no 'seio da mulher' ele experimentou plenamente as delícias do 'paraíso terrestre'. É racional demais para isso e conhece muito bem a vida e as pessoas. Eis outras palavras dele:

"O califa Abdurrahman teve quatorze dias felizes na sua vida; eu, com certeza, não tive tantos. E tudo isso porque nunca vivi e não sei viver para mim por gosto, pois vivo de aparência e para os outros."

A. P. Tchékhov disse-me, na saída da casa dele: "Não acredito que não tenha sido feliz". Mas eu acredito. Não foi. Porém, não é verdade que viveu 'de aparência'. Sim, ele dava às pessoas, como aos mendigos, aquilo que lhe sobrava; ele gostava de fazê-los, 'obrigá-los' a ler, a passear, a comer somente legumes, a amar o mujique e a acreditar na infalibilidade das conjunturas racional-religiosas de Liev Tolstói. Afinal, é preciso dar alguma coisa às pessoas que as satisfaça ou as ocupe e para que vão embora! Deixassem o homem na solidão costumeira, torturante, às vezes, confortável diante da voragem insondável da questão 'principal'.

Todos os pregadores russos, exceto Abbakum e, talvez, Tíkhon Zadonski, eram pessoas frias, porque não tinham fé viva e eficaz. Quando eu escrevia a personagem de Lucas, da peça *No fundo*, eu queria representar exatamente um velhinho desses: ele se interessa por 'qualquer tipo de resposta', mas não por pessoas; e, estando inevitavelmente em contato com elas, consola-as apenas para que não atrapalhem sua vida. E toda a filosofia, toda a pregação dessa gente é uma esmola dada com um asco dissimulado, e as palavras que soam atrás dessas prédicas são miseráveis e lamentosas:

"Deixai-me! Amai a Deus e a seus próximos, e deixai-me! Amaldiçoai a Deus, amai aos distantes, mas deixai-me! Porque também sou um homem e, vede, sou destinado à morte!"

Infelizmente, é assim e assim será por muito tempo! E não podia, não poderia ser de outra maneira, porque as pessoas sofrem, estão esgotadas, desunidas terrivelmente, e todas agrilhoadas pela solidão que suga a alma. Se L. N. se reconciliasse com a Igreja, não me surpreenderia nem um pouco. Haveria nisso sua lógica: todas as pessoas são míseras igualmente, mesmo que sejam bispos. Aliás, nem haveria reconciliação; para ele, pessoalmente, esse ato seria apenas um passo lógico: "perdôo os que me odeiam". Seria um ato cristão, mas por trás dele se esconderia um leve sorriso mordaz que poderia ser entendido como o castigo de um homem inteligente para os tolos.

Não é disso e não é dessa maneira que eu gostaria de escrever. Há um uivo canino em minha alma e o pressentimento de uma desgraça. Acabam de chegar jornais e já está claro: ali, com vocês, começam a criar a lenda: "Era uma vez, preguiçosos e vadios que, de repente, ganharam um santo". Pense só o quanto isso é prejudicial para o país, justamente agora que os desapontados abaixaram as cabeças até o chão, as almas da maioria estão vazias e as almas dos melhores – cheias de pesar. Os esfomeados e martirizados estão pedindo uma lenda. Querem tanto acalmar seus tormentos. E vão criar exatamente aquilo que ele queria, mas o que não é preciso – a vida do beatífico e santo, enquanto ele é grande e sagrado como homem, incrível e penosamente belo homem, homem de toda a humanidade. Estou me contradizendo em alguma coisa, mas isso não tem importância. Ele é um homem à procura de Deus, não para si, mas para os outros e para que Deus o deixe, homem, na paz do deserto escolhido por ele. Ele nos deu seu Evangelho e, para que esqueçamos as divergências em Cristo, simplificou sua imagem, atenuou nele o princípio militante e lançou o da submissão "à vontade d'Aquele que O enviou". Indubitavelmente, o Evangelho segundo Tolstói é aceito mais facilmente, porque combina mais com o 'mal' do povo russo. Afinal, era preciso dar alguma coisa a esse povo que se lamenta, faz a terra tremer com seu gemido e distrai o pensador do 'principal'. Nem *Guerra e paz* e tudo dessa linha apaziguaria a aflição e o desespero da cinzenta terra russa.

Ele mesmo dizia sobre *Guerra e paz*: "Sem falsa modéstia, é como a *Ilíada*". M. I. Tchaikóvski ouviu da boca dele exatamente a mesma apreciação de *Infância* e *Adolescência*.

Agora estiveram aqui jornalistas de Nápoles, um deles veio correndo de Roma. Pediram que eu lhes falasse o que penso da 'fuga' de Tolstói e dizem assim mesmo: da 'fuga'. Recusei-me a conversar com eles. O senhor entende, certamente, que minha alma está numa aflição furiosa – eu não quero ver Tolstói como um santo; que seja pecador, próximo ao coração do mundo, pecador dos pés à cabeça, próximo ao coração de cada um de nós para sempre. Púchkin e ele – não existe nada mais grandioso e querido para nós...

Morreu Liev Tolstói.

Chegou um telegrama e, nele, com as palavras mais banais está dito: faleceu.

Isto foi um golpe no coração, berrei de mágoa e de tristeza, e agora, num estado meio louco, imagino-o tal como o conheci, como o vi, e tenho uma vontade dolorosa de falar sobre ele. Vejo-o deitado no ataúde – como uma pedra lisa no fundo de um regato e, em sua barba grisalha, provavelmente, esconde-se silenciosamente seu sorriso ilusório e alheio a todos. E as mãos dele, finalmente, repousam uma sobre a outra, ao acabar seu trabalho de condenado.

Lembro-me de seus olhos agudos, que viam através de tudo, o movimento dos dedos que sempre pareciam esculpir alguma coisa do ar, suas conversas, seus gracejos, as palavras mujiques prediletas e a voz indefinível. E vejo quanta vida abraçou este homem, quão inteligente, acima do humano, e temível ele era.

Certa vez, vi-o como, talvez, ninguém o tenha visto: indo pela beira do mar chamado Iussúpov à casa dele, em Gaspra, notei, bem perto d'água, entre as pedras, sua pequena e angulosa silhueta, vestida de trapos cinzentos amassados e com chapéu amarfanhado. Estava sentado, apoiando o queixo nas mãos, os cabelos prateados da barba esvoaçavam entre os dedos. Olhava longe para o mar, e as pequenas ondas esverdeadas chegavam rolando a seus pés docilmente, acariciando, e como que contando algo sobre si a esse velho feiticeiro. O dia estava colorido, pelas pedras arrastavam-se as sombras das nuvens e, junto com as pedras, o velho ora ficava iluminado, ora ensombrado. As pedras eram enormes, com rachaduras e cobertas de algas odorosas – na véspera houve uma ressaca forte. E ele também me pareceu uma antiga pedra revivida que conhece todas as origens e as metas, que pensa quando e que fim terão as pedras e as ervas terrestres, as águas marinhas e o homem, o universo inteiro, desde a pedra até o Sol. O mar é parte de sua alma, e tudo em volta – vem dele, de dentro dele. Na imobilidade meditativa do velho vislumbrava-se algo de profético, de mágico, afundado na escuridão debaixo dele, vértice escrutinador elevado para o vácuo azul sobre a Terra, como se fosse ele, sua vontade concentrada, que atraísse e empurrasse as ondas, dirigisse o movimento das nuvens e das sombras que pareciam fazer as pedras se mexerem, acordarem. E, de repente, numa demência momentânea, senti – é possível! – que, se ele se levantasse e agitasse o braço, o mar pararia e se vidraria, as pedras se mexeriam e gritariam, tudo em volta ganharia vida, faria barulho, falaria com diversas vozes sobre si, sobre ele e contra ele. Não há como exprimir com palavras o que eu senti naquele momento; minha alma foi tomada de euforia e de pavor, depois tudo se uniu em um pensamento feliz:

"Não sou órfão nesta terra enquanto existir nela este homem!"

Então, tomando cuidado para que o pedregulho não rangesse debaixo dos pés, eu voltei, não querendo incomodar seus pensamentos. Mas agora eu me sinto órfão, escrevo e choro. Nunca na vida aconteceu-me chorar tão desconsolada, desesperada e amargamente. Não sei se o amava, e será que importa ter amor ou ódio por ele? Na minha alma, ele sempre suscitava sensações e emoções grandes, fantásticas; mesmo o que era desagradável e hostil, provocado por ele tomava formas que não oprimiam, mas como que explodiam e ampliavam a alma, fazendo-a mais receptiva e espaçosa. Ele era ótimo, quando, arrastando os pés como que alisando imperiosamente as irregularidades em seu caminho, aparecia de algum canto ou entrando pela porta e dirigia-se a você com o passo ligeiro de quem está habituado a caminhar muito pela terra e, pondo os polegares atrás do cinto, parava por um segundo, lançava um olhar rápido e perscrutador, que notava imediatamente qualquer novidade, e captava o sentido de tudo.

— Olá!

Sempre traduzi esta palavra como: "Há pouco prazer nisso para mim e pouca utilidade para você, mas mesmo assim – olá!"

Quando entrava, era baixinho. E logo todos se tornavam mais baixos do que ele. Sua barba de mujique, as mãos toscas, mas extraordinárias, a roupa bem simples e todo aquele cômodo democratismo externo enganava a muitos; e freqüentemente podia-se ver como os russos, acostumados a receber a pessoa 'de acordo com seu traje' – antigo costume servil! – começavam a se desmanchar em duvidosas 'franquezas', cujo nome mais certo é familiaridade.

"Ah, meu querido! Então é assim que você é! Por fim, consegui ver pessoalmente o grande filho da minha querida terra. Minhas saudações e profunda reverência!"

Isso é a simplicidade e cordialidade russo-moscovita, e há também o 'livre-pensamento' russo:

"Liev Nikoláievitch! Embora não concorde com seus pontos de vista filosóficos-religiosos, mas venerando profundamente em sua pessoa um grande artista..."

E, de repente, de trás da barba de mujique, do blusão democrático amassado, erguia-se um velho grão-senhor russo, um verdadeiro aristocrata, e aí o nariz das pessoas francas, cultas e outras fica roxo de um frio insuportável. Dava gosto ver essa criatura de sangue puro, dava gosto observar a nobreza e a graça de seus gestos, a digna discrição de sua linguagem, e ouvir a fina precisão de sua palavra fulminante. De grão-senhor havia nele justamente tanto quanto era preciso para os servos. E, quando provocavam nele o grão-senhor, este aparecia com facilidade e desenvoltura, e pressionava-os tanto que eles se encolhiam e piavam, apenas.

Numa ocasião tive de voltar de Iásnaia Poliana a Moscou junto com um daqueles russos 'francos', pois ele não conseguia tomar fôlego, apenas sorria lastimosamente e repetia, desnorteado:

— Puxa, que sabão ele passou! Que severo... Ufa!

Aliás, exclamou com evidente decepção:

— Mas eu pensava que ele, realmente, era anarquista. Todo mundo diz: anarquista, anarquista, e eu acreditei...

Esse homem era rico, um grande fabricante, tinha um barrigão, rosto ensebado cor de carne – para que ele precisava que Tolstói fosse anarquista? Um dos 'grandes mistérios' da alma russa.

Quando L. N. queria que gostassem dele, conseguia isso mais facilmente do que uma mulher inteligente e bonita. Estavam reunidas em sua casa pessoas diferentes: o grão-duque Nikolai Mikháilovitch, o pintor Iliá, um social-democrata de Ialta, o stundista Patsuk, um músico alemão, o administrador da condessa Kleimichel e o poeta Bulgákov[23] – e todos o fitavam com o mesmo amor nos olhos. Ele expunha a teoria de Lao-tsé, e parecia-me ser ele um extraordinário homem-orquestra, que tem a capacidade de tocar vários instrumentos ao mesmo tempo – a corneta de cobre, o tamborim, a harmônica, a flauta. Eu olhava para ele como os outros. E gostaria de vê-lo outra vez e – não o verei. Jamais.

Estiveram aqui uns jornalistas, afirmam que em Roma foi recebido um telegrama "desmentindo os boatos sobre a morte de

---

23. Provavelmente, trata-se de V. F. Bulgákov (1886-?), escritor, último secretário particular de Tolstói em 1910; a partir de 1949, curador do Museu de Tolstói, em Iásnaia Poliana. (N. de T.)

Liev Tolstói". Agitavam-se, tagarelavam, apresentando verbosas condolências à Rússia. Os jornais russos não deixam margem para dúvidas.

Mentir para ele era impossível, mesmo se fosse por compaixão; ele não dava pena nem quando estava gravemente enfermo. Sentir pena de homens como ele é uma vulgaridade. Eles devem receber cuidados, mimo, e não uma poeira verbal de palavras gastas e desalmadas.

Se ele perguntava: – Não gosta de mim?
Era preciso dizer: "Não, não gosto".
—Você não me ama? — "Não, hoje não o amo".
Em suas perguntas ele era implacável; em repostas – reservado, assim como deve ser um sábio.

De uma maneira linda e maravilhosa, ele contava sobre o passado, especialmente sobre Turguéniev. Sobre Fet – com um sorriso bondoso e sempre algo divertido. Sobre Nekrássov – friamente, com ceticismo. Mas sobre todos os escritores – sempre como se fossem seus filhos, e ele, o pai, que sabe todos os seus defeitos – viram só? – salientava aquilo que é ruim em lugar das coisas boas. Toda vez que falava mal sobre alguém, eu tinha a impressão de que ele dava esmola a seus ouvintes como a indigentes; era embaraçoso ouvir suas opiniões, diante de seu sorriso cáustico a gente baixava os olhos – e nada ficava na memória.

Certo dia, ele estava provando ferrenhamente que G. I. Uspiénski escrevia na língua de Tula[24] e não tinha talento nenhum. E ele mesmo dizia a Tchékhov na minha presença:

— Esse sim é escritor! Com a força de sua sinceridade ele lembra Dostoiévski, só que Dostoiévski fazia politicagem e coquetice, enquanto esse é mais simples e mais sincero. Se ele acreditasse em Deus, daria um sectário.

---

24. Cidade natal de G. I. Uspiénski. (N. de T.)

— Mas o senhor falava que é escritor tulense e sem talento.
Escondeu os olhos sob suas sobrancelhas hirsutas e respondeu:
— Ele escrevia mal. Que linguagem é essa? Há mais sinais de pontuação do que palavras. Talento é amor. Talentoso é aquele que ama. Vejam os namorados: todos são talentosos!
Sobre Dostoiévski, opinava de má vontade, com esforço, contornando algumas coisas, vencendo outras:
— Seria bom ele conhecer o ensinamento de Confúcio ou o dos budistas, isso o acalmaria. É o principal que todos e qualquer um deveriam conhecer. Ele era homem de sangue quente; quando esbravejava, saíam calombos na sua careca, as orelhas moviam-se. Sentia muitas coisas, mas pensava mal, foi com os fourieristas que aprendeu a pensar, com Butachévitch e outros. Depois os odiou a vida toda. Ele tinha no sangue algo hebraico. Era cheio de cismas, de amor próprio, de caráter difícil e infeliz. É estranho que seja tão lido, não entendo por quê! É pesado e inútil, porque todos esses Idiotas, Adolescentes, Raskólnikov e tudo o mais não foi assim, foi mais simples e compreensível. Mas fazem mal em não ler Leskov, é um verdadeiro escritor, você o leu?
— Sim e gosto muito, particularmente da linguagem.
— A língua ele sabia muito bem, até os truques. É estranho que goste dele, você não parece russo, seus pensamentos não são russos.
— Não faz mal? Não o ofende que eu fale assim? Sou velho e, talvez, não consiga entender a literatura de hoje, mas ela não me parece russa; começaram a escrever poemas diferentes; não sei o porquê desses poemas e para quem. É preciso apreender a poesia com Púchkin, Tiútchev, Chenchin. Você, por exemplo – dirigiu-se ele a Tchékhov –, você é russo! Sim, muito, muito russo.
E, sorrindo carinhosamente, abraçou A. P. pelos ombros, este ficou sem jeito e começou a falar, com voz de baixo, qualquer coisa sobre sua casa de campo, sobre os tártaros.
Ele amava Tchékhov e sempre olhava para ele, parecia acariciar o rosto de A. P. com seu olhar, quase terno, naquele minuto. Um dia,

A. P. passava pela vereda do parque junto com Aleksandra Lvovna; Tolstói, ainda doente naquele tempo, sentado numa poltrona no terraço, esticou o corpo em direção a eles e disse a meia voz:

— Ah, que pessoa simpática, formidável: é modesto, quieto, como uma mocinha. E anda como uma mocinha. Simplesmente maravilhoso!

Uma noite, ao crepúsculo, apertando os olhos e mexendo as sobrancelhas, ele lia seu *Padre Sérgio*, onde se descreve como uma mulher ia seduzir um eremita; leu até o fim, levantou a cabeça e, fechando os olhos, pronunciou claramente:

— Escreveu bem, velho, bem!

Isso foi dito de uma maneira tão surpreendentemente simples, a admiração com a beleza foi tão sincera, que nunca vou esquecer o enlevo que vivi naquele momento, o enlevo que não pude, não soube expressar, mas reprimi-lo, também, custou-me um esforço enorme. Até meu coração parou, mas depois tudo em volta ficou vivificante, fresco e novo.

Era preciso vê-lo falando para entender a singular, a indizível beleza de sua linguagem que parecia incorreta, cheia de repetições das mesmas palavras, impregnada da simplicidade campestre. A força de suas palavras não estava apenas na entonação, no frêmito de seu rosto, mas no jogo e no brilho dos olhos, os mais eloqüentes que eu jamais tinha visto.

Súler, Tchékhov, Serguei Lvóvitch e mais alguém, sentados no parque, estavam conversando sobre mulheres; ele ficou ouvindo muito tempo em silêncio e, de repente, disse:

— Eu vou dizer a verdade sobre o mulherio, mas só quando estiver com um pé na cova – direi, pularei para dentro do caixão, cobrir-me-ei com a tampa – tentem me pegar depois!

Em seu olhar acendeu-se um brilho tão terrivelmente desordeiro, que todos se calaram por um minuto.

Creio que vivia dentro dele aquela curiosidade aventureira de Vásska Busláiev, uma parte da alma teimosa do arcipreste

Abbakum e, em algum lugar em cima ou do lado, escondia-se o ceticismo de Tchaadáiev.

O princípio de Abbakum propagava e atormentava a alma do artista, o desordeiro de Nóvgorod destronava Shakespeare e Dante, enquanto Tchaadáiev ria dessas travessuras da alma e, de passagem, também de seus tormentos.

Mas a ciência e o estadismo golpeavam o homem russo da Antiguidade, levado ao anarquismo passivo por seus múltiplos esforços infrutíferos de construir a vida de forma mais humana.

Isso é surpreendente! Mas quem descobriu os traços de Busláiev em Tolstói, graças à força de uma misteriosa intuição, foi Olaf Gulbranson, caricaturista da revista *Simplíssimus*; examinem atentamente o seu desenho: quanta semelhança certeira com o real Liev Tolstói e quanta inteligência impertinente há nesse rosto com os olhos disfarçados, escondidos, para a qual não existem santuários intocáveis e que não acredita "nem no espirro, nem no sonho, nem no crocito do corvo".

Está diante de mim esse velho feiticeiro, alheio a todos, que, solitário, percorreu todas as vastidões do pensamento à procura de uma verdade universal e não a encontrou. Olho para ele e, embora seja grande o amargor da perda, o orgulho de ter visto este homem alivia a dor e o desgosto.

Era estranho ver Tolstói no meio dos 'tolstoistas': ergue-se um campanário majestoso, seu sino repica sem cessar para o mundo inteiro e, em volta dele, movimentam-se cautelosos cachorrinhos, soltam ganidos e uivos, acompanhando o sino, e olham de esguelha um para o outro com receio: quem será que fez o melhor coro? Sempre me pareceu que essa gente impregnou tanto a casa de Iásnaia Poliana, quanto o palácio da condessa Pánina, com o espírito de hipocrisia e de covardia, com mercantilismo mesquinho e a cobiça da herança. Há nos 'tolstoistas' algo em comum com aqueles peregrinos, que andavam pelos cantos recônditos da Rússia, levando consigo ossos caninos, fazendo-os passar por relíquias, vendendo 'a escuridão egípcia' e 'lágrimas' da Nossa Senhora. Lembro-me como, em Iásnaia Poliana, um desses apóstolos recusou-se a comer ovos para não ofender as galinhas, e na estação ferroviária de Tula comia carne com apetite, dizendo:

— O velhinho exagera!

Quase todos eles gostam de suspirar, de se beijar, todos têm as mãos descarnadas, suadas, e os olhos falsos. E ao mesmo tempo são pessoas práticas e com muita habilidade arranjam seus negócios terrestres.

Certamente, L. N. sabia muito bem o valor verdadeiro dos 'tolstoistas'; Sulerjítski, de quem ele gostava muito e falava sempre com ardor juvenil e com admiração, também entendia isso. Uma vez, em Iásnaia Poliana, certa pessoa contou com eloqüência sobre como sua vida ficou boa e sua alma tornou-se pura depois de ela ter seguido a doutrina de Tolstói. L. N. inclinou-se a mim e disse baixinho:

— Está mentindo, canalha, mas é porque ele quer me agradar...

Muitos queriam agradá-lo, mas não notei que soubessem fazer bem isso.

Quase nunca falou comigo sobre seus temas habituais – o perdão a todos, o amor ao próximo, o Evangelho e o budismo – pelo visto, ao entender logo que comigo isso seria 'conversa jogada fora'. Eu me sentia profundamente grato a ele por isso.

Quando ele queria, podia ser delicado, solícito e dócil de maneira especial e muito bonita; sua linguagem era de uma simplicidade encantadora, rebuscada, mas, às vezes, era-me penoso e desagradável ouvi-lo. Jamais gostei de suas opiniões sobre as mulheres, nesse assunto ele era 'povão' demais, em suas palavras algo soava afetado, falso e, ao mesmo tempo, muito pessoal. Como se um dia ele tivesse sido insultado e não conseguisse esquecer, nem perdoar. Na noite do meu primeiro encontro com ele, levou-me ao seu gabinete – isso foi em Khamóvniki –, fez-me sentar em sua frente e começou a falar sobre meus contos "Várenka Oléssova" e "Vinte e seis e uma". O seu tom deixou-me abalado e até perdido – tão desnuda e rude era sua maneira de provar que o pudor não era próprio de uma moça saudável.

— Se a moçoila passou dos quinze anos e é saudável, ela quer que a abracem, que toquem nela. Seu juízo ainda tem medo do desconhecido, do incompreensível. É isso que se chama castidade, pudor. Mas sua carne já sabe que o incompreensível é inevitável, e exige legitimamente o cumprimento da lei, contrariando o bom senso. Sua Várenka Oléssova é descrita como uma moça saudável, mas sente como sente uma anêmica. Isso é falso!

Depois, começou a falar sobre a moça do conto "Vinte e seis e uma", proferindo palavras indecentes uma atrás da outra, com uma simplicidade que me pareceu cínica e até me ofendeu. Posteriormente, entendi que ele usava as palavras 'renegadas' apenas porque as considerava mais precisas e certeiras, mas naquela hora foi-me desagradável ouvir sua fala. Eu não lhe fiz objeções. De repente, ele se tornou atencioso, meigo e começou a me perguntar sobre como eu vivia, estudava, o que lia.

— Dizem que você é muito lido, é verdade? E Korolénko, é músico?

— Acho que não. Não sei.

— Não sabe? Gosta dos contos dele?

— Sim, muito.

— É por causa do contraste. Ele é lírico e em suas coisas não tem nada disso. Já leu Veltman?

— É um bom escritor, desenvolto, preciso, sem exageros, não acha? Às vezes é melhor do que Gógol. Ele conheceu Balzac. Quanto a Gógol, ele imitava Marlínski.

Quando eu disse que Gógol, provavelmente, tivesse sofrido a influência de Hoffmann, Stern e, talvez, Dickens, ele olhou para mim e perguntou:

— Você leu isso em algum lugar? Não? É errôneo. Pouco provável que Gógol tivesse conhecido Dickens. Mas você realmente leu muito. Olhe, que isso faz mal. Foi o que levou Koltsov à desgraça.

Na despedida, abraçou-me, deu-me um beijo e disse:

— Você é um verdadeiro mujique. Será difícil você se encaixar no meio dos escritores. Mas não tenha medo de nada, escreva sempre assim como sente; se ficar rude, não faz mal. Pessoas inteligentes entenderão.

Esse primeiro encontro deixou-me com uma impressão dúbia: fiquei feliz e orgulhava-me de ter conhecido Tolstói, mas sua conversa comigo parecia uma prova, e foi como se eu não tivesse visto o autor de *Os cossacos*, "Kholstomér", *Guerra e paz*, mas um grão-senhor que, sendo condescendente, achou por bem falar comigo num 'estilo popular', na linguagem de praças e ruas; isso derrubava a imagem que tivera dele, imagem com a qual havia me familiarizado e que era cara para mim.

Pela segunda vez eu o vi em Ialta. Era um sombrio dia de outono, chuviscava, e ele, ao vestir um casaco pesado de lã grossa e calçar sapatos altos de couro – umas verdadeiras botas de pescador – levou-me para passear num bosque de bétulas. Pulava por cima dos fossos e buracos como um jovem, fazia cair na sua cabeça as gotas de água, sacudindo os ramos, contava-me como Chenchin explicou-lhe Schopenhauer naquele bosque. E carinhosamente passava a mão nos troncos úmidos e sedosos das bétulas.

— Há pouco tempo li em algum lugar esses versos:

> Já terminou a época de cogumelos,
> Mas sente-se o cheiro nos barrancos...

— Muito bem, muito certo!

De repente, apareceu uma lebre aos nossos pés. L. N. deu um salto, eriçou-se todo, corou e ululou como um velho caçador. Depois olhou para ela com um sorriso indescritível e riu com um riso humano inteligente. Estava surpreendentemente lindo naquele instante!

Numa outra vez, naquele mesmo bosque, ele observava um falcão que pairava sobre o curral, fazia um círculo, parava no ar, balouçando levemente as asas, decidindo – atacar ou ainda é cedo?

L. N. esticou-se, fechou os olhos com a mão e sussurrou, emocionado:

— Malvado, está de olho em nossas galinhas. Olhe, olhe... Agora... Ah, está com medo! Será que é o nosso cocheiro que está ali? É preciso chamá-lo para cá...

E chamou. Quando ele gritou, o falcão assustou-se, levantou vôo impetuosamente, fez uma curva e sumiu. L. N. suspirou e disse, censurando a si mesmo:

— Não devia ter gritado, ele atacaria assim mesmo.

Contando-lhe um dia sobre Tiflis[25], mencionei V. V. Fleróvski-Bérvi.

—Você o conheceu? — animou-se L. N. — Conte como ele é.

Comecei a contar como Fleróvski, alto, magro, de barba comprida e olhos enormes, vestido de túnica de lona, com um saco de arroz cozido em vinho amarrado ao cinto, e armado de um enorme guarda-sol de linho, andava comigo pelas veredas de montanhas transcaucasianas, quando, num atalho estreito, encontramos um búfalo e recuamos prudentemente, ameaçando o animal maldoso com o guarda-sol aberto, indo de costas com o risco de cair num precipício. De repente, vi lágrimas nos olhos de L. N. Isso me deixou confuso e me calei.

— Não é nada, continue, continue! É porque me sinto feliz de ouvir falar sobre essa boa pessoa. Como ele é interessante! Eu o imaginava assim mesmo, diferente. Entre os escritores radicalistas, ele é o mais maduro, o mais inteligente; em seu "Abecedário" está muito bem provado que toda a nossa civilização é bárbara, já a cultura é coisa de povos pacíficos, fracos e não fortes, e que a luta pela sobrevivência é uma invenção falsa com a qual querem justificar o mal. Você, certamente, não concordaria com isso? Mas Daudet concorda, você se lembra como é seu Paul Astier?

— E como então conciliar, ao menos, o papel dos normandos na história da Europa com a teoria de Fleróvski?

---

25. Atual Tbilíssi, capital da Geórgia. (N. de T.)

— Normandos são outra coisa!

Quando ele não queria responder, dizia: "Isso é outra coisa".

Sempre me pareceu, e acredito não estar errado, que L. N. não gostava de falar sobre a literatura, mas interessava-o vivamente a personalidade do escritor. As perguntas: "Você o conhece? Como ele é? Onde nasceu?", ouvi dele freqüentemente. E quase sempre seus julgamentos revelavam a pessoa por algum aspecto diferente.

A respeito de V. G. Korolenko, ele disse com ar pensativo:

Não é grão-russo, por isso deve ver a nossa vida com mais justeza e melhor do que nós mesmos.

Sobre Tchékhov, por quem tinha afeto e ternura:

— A medicina o atrapalha, se não fosse médico, escreveria melhor ainda.

Sobre algum escritor jovem:

— Finge ser inglês, no que justamente um moscovita se sai pior do que qualquer outro.

Disse-me um dia:

— Você é inventor. Todos os seus Kuvaldas[26] foram inventados.

Disse-lhe que Kuvalda era uma pessoa real.

— Conte-me, onde você o viu.

Muito o fez rir a cena na câmara do juiz de paz de Kazan, Kolontáiev, onde pela primeira vez vira o homem descrito sob o nome Kuvalda.

— Sangue azul! — dizia ele, rindo e enxugando as lágrimas. — Sim, sim, sangue azul! Mas que homem simpático, que engraçado! E você conta melhor do que escreve. Ah, não, você é um romântico, um inventor, confesse, vai!

Disse-lhe que, provavelmente, todos os escritores inventam um pouco, representando pessoas assim como gostariam que fossem na realidade; disse-lhe também que gosto de pessoas ativas que querem se opor aos males da vida com todos os meios, mesmo pela violência.

---

26. Personagem de *Os degenerados*, de Górki. (N. de T.)

— Mas a violência é o mal maior! — exclamou ele, pegando-me pelo braço. Como é que vai sair dessa contradição, inventor? "Meu companheiro de viagem" – não é sua invenção e é bom, porque não foi inventado. Mas quando se entrega à imaginação, começam a nascer os Amadi e os Sigfrid...

Fiz a observação de que enquanto vivemos cercados de nossos inevitáveis 'companheiros de viagem' antropóides, construímos tudo num solo movediço, num meio hostil. Ele riu e deu-me uma leve cotovelada.

— Daí pode-se tirar conclusões muito, muitíssimo perigosas! Você é um socialista duvidoso. Você é um romântico, e os românticos devem ser monarquistas, assim como sempre foram.

— E o Victor Hugo?

—Victor Hugo é outra coisa. Não gosto dele, é um gritalhão.

Não raramente perguntava-me o que estava lendo e sempre me censurava pela má, a seu ver, escolha de livros.

— Gibbon é pior do que Kostomárov; é preciso ler Mommsen, muito chato, mas tudo nele é sólido.

Ao saber que meu primeiro livro de leitura foi *Os irmãos Zemganno*, ficou até indignado.

— Está vendo, um romance estúpido. Foi isso que o estragou. Os franceses têm três escritores: Stendhal, Balzac, Flaubert, bom, Maupassant ainda, mas Tchékhov é melhor que ele. Quanto aos Goncourt – são uns palhaços, só se fazem de sérios. Estudaram a vida lendo livros, escritos por inventores como eles, e achavam que era uma coisa séria, mas ninguém precisa disso.

Não concordei com sua apreciação, e isso irritou um tanto L. N.; dificilmente ele suportava ser contrariado, e seus julgamentos, às vezes, suas opiniões, tinham caráter estranho, volúvel.

— Não há decadência nenhuma — dizia ele — foi o italiano Lombroso que inventou isso e, atrás dele, feito papagaio, fica gritando o judeu Nordau. A Itália é um país de charlatões, aventureiros, lá nascem somente os Aretino, os Casanova, os Caliostro e semelhantes.

— E Garibaldi?
— Isso é política, Garibaldi é outra coisa!
Sobre uma série de fatos extraídos da história da vida de famílias de mercadores russos, ele disse:
— Não é verdade, isso só escrevem nos livros sisudos...
Contei-lhe a história de três gerações de uma família de mercadores que eu conhecia, história na qual a lei da degenerescência vigorava com uma crueldade especial; aí ele começou a me puxar pela manga, persuadindo-me.
— Isso sim é verdade! Eu sei, em Tula há duas famílias assim. Isso precisa ser escrito. Escrever sucintamente um grande romance, entende? Sem falta!
Seus olhos brilhavam com avidez.
— Mas haverá cavaleiros nele, L. N.!
— Deixe disso! Pois é muito sério. Aquele que vai ao mosteiro rezar pela família inteira – é maravilhoso! É verdadeiro: você peca, e eu rezarei, pedindo que seus pecados sejam perdoados por você. E o outro, o entediado, o construtor cobiçoso, também é real! E o fato de ele beber e ser uma fera, devasso, ama todo mundo e, de repente, mata. Ah, isso que é bom! É isso que tem de escrever, e não precisa procurar heróis entre ladrões e mendigos! Herói – é mentira, é invenção, existe é gente, simplesmente gente, nada mais que gente.

Com freqüência, ele apontava os exageros em meus contos, mas um dia, falando sobre a segunda parte de *Almas mortas*[27], disse com ar bondoso e sorrindo:
— Nós todos somos uns terríveis inventores! Pois eu também, às vezes, fico escrevendo e, de repente, alguém me dá pena, aí eu lhe acrescento um traço melhor, e diminuo no outro, para que os que o cercam não fiquem escuros demais.
E, em seguida, com tom de um juiz implacável:
— É por isso que eu digo que a arte é mentira, arbitrariedade e faz mal às pessoas. Escrevemos não sobre a vida real, assim como

---
27. Novela de Gógol. (N. de T.)

ela é, mas sobre o que nós mesmos pensamos da vida. Que utilidade há em alguém saber como eu vejo essa torre ou o mar, o tártaro – por que interessa isso e para que serve?

Suas idéias e seus sentimentos pareciam-me, às vezes, tortuosos apenas por capricho, propositadamente, mas na maioria das vezes ele surpreendia, e derrubava as pessoas justamente com a retidão de seu pensamento, como Jó, o destemido interrogador de um Deus cruel.

Contou-nos ele:

— Um dia, no fim de maio, eu estava caminhando pela estrada Kíevski; a terra era um paraíso, jubilava tudo, o céu estava limpo, os pássaros cantando, as abelhas zumbindo, o sol tão carinhoso e tudo em volta era festivo, humano, esplêndido. Fiquei enternecido até as lágrimas, também me senti uma abelha, a quem foram dadas as melhores flores da terra, e sentia Deus muito próximo da minha alma. De repente, vejo: ao lado da estrada, debaixo dos arbustos, um casal de peregrinos bulindo um em cima do outro, ambos cinzentos, sujos, velhos, remexiam-se como vermes, mugindo, balbuciando, e o Sol impiedosamente iluminava suas desnudas pernas azuladas e os corpos flácidos. Foi um soco na minha alma. Ó, Senhor, tu, o Criador da beleza, por que não tens vergonha? Senti-me muito mal...

— Sim, por aí podem ver o que acontece. A natureza, que os 'amados de Deus'[28] consideravam obra do diabo, tortura o homem cruelmente e caçoa demais dele: tira sua força, mas deixa-lhe o desejo. E isto é para todos os homens de alma viva. Apenas o homem é destinado a passar por toda a vergonha e o horror dessa tortura, dada a sua carne. Carregamos isto dentro de nós como um castigo inevitável. Mas por que pecado?

Enquanto ele contava, seus olhos mudavam estranhamente: ora eram lamentosos, como de uma criança, ora tinham um brilho

---

28. Cismáticos, já extintos, que surgiram na Bulgária na época dos czares. (N. de T.)

seco e severo. Seus lábios estremeciam e o bigode eriçava-se. Ao terminar o relato, tirou um lenço do bolso de seu blusão e passou-o com força no rosto, embora estivesse seco. Depois ajeitou a barba com os dedos entortados de sua forte mão de mujique e repetiu, baixinho:

— Sim, por que pecado?

Uma vez íamos juntos, ele e eu, de Ai-Todor a Diulberg, pela rua de baixo, andando a passo ligeiro; como um jovem, falava com nervosismo maior do que habitualmente:

— A carne deve ser um cão obediente do espírito: aonde o espírito o mandar, para lá ele corre.

E, nós, como é que nós vivemos? A carne agita-se, entrega-se a excessos, e o espírito segue-a, impotente e deplorável.

Esfregou fortemente o peito no lugar do coração, levantou as sobrancelhas e, relembrando, continuou:

— Em Moscou, perto da torre Súkharev, numa ruela deserta, vi no outono uma mulher bêbada; estava deitada perto do passeio, uma corrente de água suja, saindo de um pátio, passava bem por baixo de sua nuca e das costas e, no meio desse molho frio, ela balbuciava, revirava-se, chapinhava com o corpo na água, e não podia se levantar.

Ele estremeceu, fechou os olhos, sacudiu a cabeça e sugeriu baixinho:

— Vamos sentar aqui... O mais horroroso, o mais repugnante é uma mulher bêbada. Quis ajudá-la a se pôr em pé, mas não consegui, deu-me um nojo; toda ela estava tão escorregadia, molhada; se tocasse nela, um mês não bastaria para lavar bem as mãos – horrível! E num frade-de-pedra estava sentado um menino loirinho, de olhos cinza, lágrimas corriam pelas faces; ele fungava e, com ar cansado, sem esperança, repetia arrastando: Mãe... ma-mã-e, vai, levante-se... Ela mexia os braços, grunhia, soerguia a cabeça e – ploft – dava outra vez com a nuca na lama.

Calou-se; depois, olhando em sua volta, voltou a dizer, aflito e quase sussurrando:

— Sim, sim, é horrível! Você viu mulheres bêbadas muitas vezes? Muitas, ah, meu Deus. Não escreva sobre isso, não é preciso.
— Por quê?
Olhou-me direto nos olhos e, sorrindo, repetiu:
— Por quê?
Depois, lentamente e pensativo, disse:
— Sei lá. Disse por dizer..., é vergonhoso escrever sobre coisas nojentas. Aliás, não escreve por quê? Não, deve-se escrever de tudo e sobre tudo...
Lágrimas brotaram em seus olhos. Enxugou-as e, sorrindo, olhou para o lenço, as lágrimas continuaram correndo pelas rugas.
— Estou chorando — disse ele. — Sou velho, aperta-me o coração quando recordo algo horrível.
E, dando-me uma leve cotovelada:
— Pois você também viverá sua vida, mas tudo permanecerá como antigamente, então vai chorar como eu e ainda pior – 'aos borbotões', como dizem as camponesas... Mas é preciso escrever tudo, sobre tudo, senão o menino loirinho ficará ofendido e dirá com censura: não há verdade, não há toda a verdade. Ele é exigente com as verdades!
De repente, sacudiu-se inteiro e sugeriu, com voz gentil:
—Vamos, conte-me qualquer coisa, você sabe contar muito bem. Algo sobre si mesmo, ainda pequeno. Nem dá para acreditar que também foi pequeno. Você é tão diferente. Como se tivesse nascido adulto. Em suas idéias há muito de pueril, de imaturo, mas sabe bastante sobre a vida, nem precisa saber mais. Bem, conte-me...
E acomodou-se, deitado debaixo do pinheiro, nas suas raízes expostas, contemplando as formigas se agitarem com suas ocupações no meio das cinzentas folhinhas aciculares.
No meio da natureza meridional, de uma diversidade nada familiar a um nórdico, no meio da vegetação exuberante, desenfreadamente vangloriosa, ele, Liev Tolstói, cujo nome já revela seu vigor interno! – homem de baixa estatura, nodoso, todo ele feito

de fortes e profundas raízes – no meio, digo eu, dessa vangloriosa natureza da Criméia, parecia estar em seu ambiente e, ao mesmo tempo, deslocado. Como um homem muito antigo, senhor de todos os arredores – senhor e criador, que volta à propriedade por ele criada, após uma ausência de cem anos. Muitas coisas foram esquecidas, muitas outras eram novas para ele, tudo parecia estar assim como deveria, mas não totalmente, e era preciso descobrir logo o que estava errado e por quê.

Ele anda pelos caminhos e veredas com o passo ágil e apressado de um perito explorador de terras e, com sua vista aguda, da qual não escapa uma pedra, nem uma idéia sequer, examina, mede, apalpa, compara. E semeia em sua volta os vivos grãos de seu pensamento invencível. Disse a Súler:

— Você, Lióvuchka, não lê nada, isso não é bom, porque é presunção; Górki, ao contrário, lê muito, o que tampouco é bom, pois é falta de autoconfiança. Eu escrevo muito e isso não é bom, porque é por amor-próprio senil, pelo desejo de que todos pensem à minha maneira. É claro que eu penso assim como é bom para mim, já Górki acha que para ele isso não é bom, e você não pensa nada, só fica papando moscas, procurando a que se agarrar. E agarra-se a um negócio que não tem nada a ver consigo, como já lhe aconteceu. Agarra-se, prende-se nele por algum tempo e, quando ele mesmo começa a se desprender de você, nem se preocupa em segurá-lo. Tchékhov tem um belo conto, "Queridinha", pois você é quase parecido com ela.

— Em quê? — perguntou Súler, rindo.

— Amar, você ama, mas não sabe escolher e se desgasta em futilidades.

— E todo mundo é assim?

— Todo mundo? — repetiu L. N. — Não, todo mundo, não.

E subitamente perguntou-me, como se me desse um soco:

— Por que você não acredita em Deus?

— Não tenho fé, L. N.

— Isso não é verdade. Você é crédulo por natureza e não pode passar sem Deus. Logo sentirá isso. Mas não acredita por teimosia, por mágoa: o mundo não foi feito como você acha que devia ser. Há quem não acredite por timidez; acontece com os jovens: endeusam uma mulher, mas não querem demonstrá-lo por medo de não serem compreendidos e, além disso, falta-lhes coragem também. Para a fé, como para o amor, é necessária a coragem, a valentia. É preciso dizer a si mesmo: eu acredito, e tudo irá bem, tudo será assim como você gostaria que fosse, será explicado por si mesmo e o atrairá. Você, por exemplo, ama muitas coisas, e a fé é justamente um amor intenso; é preciso amar ainda mais forte, então o amor se transforma em fé. Quando amam uma mulher, amam a melhor do mundo, sem dúvida, e cada um ama a melhor de todas, isso já é fé. O incrédulo não é capaz de amar. Hoje ele se apaixona por uma, daqui a um ano, por outra. A alma de gente assim é nômade, vive debalde, não é bom isso. Você nasceu crente e não deve se mutilar. Pois você mesmo diz: a beleza. E o que é beleza? É o que há de mais sublime e mais perfeito – é Deus.

Antes, quase nunca falou comigo sobre isto, a importância e a subitaneidade do assunto deixou-me confuso, derrubou-me. Fiquei calado. Ele, sentado no sofá, com as pernas encolhidas, soltou na barba um sorriso triunfante e disse, ameaçando-me com o dedo:

— Não, não poderá se esquivar disso com silêncio!

E eu, que não acredito em Deus, olho para ele com muita cautela, não sei por quê, e com um pouco de medo; olho e penso: "Este homem é a imagem de Deus!"

Sobre Sófia Andrêievna Tolstáia

Ao ler o livro *A ida de Tolstói*, escrito pelo senhor Tchertkov, pensei: certamente aparecerá uma pessoa que denunciará na imprensa o fato de que a finalidade direta e única desta obra é difamar a falecida Sófia Andrêievna Tolstáia.

Resenhas que revelassem esse honroso objetivo não encontrei até hoje. Agora escuto falar que em breve será publicado mais um livro com a mesma louvável intenção: convencer as pessoas cultas do mundo de que a mulher de Liev Tolstói era seu gênio do mal e que seu nome verdadeiro era Xantipa. É evidente que a afirmação dessa 'verdade' é considerada extremamente importante e indispensável, sobretudo, acho eu, para quem se alimenta espiritual e fisicamente de escândalos.

O alfaiate Gamirov, de Níjni Nóvgorod, dizia: "Pode-se confeccionar um traje para embelezar o homem, como também para desfigurá-lo".

A verdade que embeleza o homem é criada por artistas, enquanto todo o resto dos habitantes da Terra confecciona, às pressas, embora muito habilmente, as 'verdades' que desfiguram uns ao outros.

E parece que somos tão infatigáveis em censurarmos uns ao outros porque o homem é o espelho do homem.

Nunca me atraiu analisar o valor daquelas 'verdades' que, de acordo com um antigo hábito russo, são escritas com piche nos portões de casa, mas gostaria de dizer algumas palavras sobre a única amiga de Liev Tolstói, assim como eu a vejo e sinto.

É evidente que a pessoa não se torna melhor por ter falecido; isto é claro, já pelo fato de que falamos dos mortos tão mal e injustamente quanto dos vivos. Sobre os homens eminentes que, depois de nos terem consagrado toda a sua vida, todas as forças de seu milagroso espírito, desceram finalmente à sepultura, torturados habilmente por nossa vulgaridade – ao que parece, sempre falamos e escrevemos sobre essas pessoas apenas para nos convencermos de que eles foram uns infelizes pecadores, tanto quanto nós.

Um crime, mesmo casual e insignificante, cometido por uma pessoa honesta, alegra-nos muito mais do que um ato desinteressado e até heróico de um patife, porque nos é conveniente e agradável considerar, o primeiro caso, uma lei necessária; já o segundo caso conturba-nos de forma inquieta, por ser ele um prodígio que altera gravemente nossa costumeira posição em relação ao homem.

E, se no primeiro caso sempre dissimulamos a nossa alegria sob uma compaixão hipócrita, no segundo manifestamos uma alegria falsa, temendo em segredo: e se de repente os patifes, o diabo que os carregue, tornarem-se honestos, o que será de nós, então?

Pois como já foi dito com justeza, as pessoas, em sua maioria, "são vergonhosamente indiferentes ao bem e ao mal" e querem permanecer como tais até o fim da vida; por isso, tanto o bem quanto o mal, na realidade, causam-nos a mesma inquietação hostil e, quanto mais notáveis são, mais nos inquietam.

Essa lamentável inquietação dos pobres de espírito é observada entre nós também em relação à mulher. Na literatura e na vida, gritamos com alarde:

"A mulher russa – eis a melhor mulher do mundo!"

Esse grito lembra-me a voz de um feirante, vendendo caranguejos: "Olha os caranguejos! Caranguejos vivos! Caranguejos graúdos!"
O caranguejo é colocado vivo na água fervente, acrescentam-se sal, pimenta, folha de louro e deixam-no cozinhar até ficar vermelho. No fundo, há uma semelhança entre esse processo e o tratamento que damos à 'melhor' mulher da Europa.

Ao reconhecermos que a mulher russa é 'a melhor do mundo', ficamos como que apavorados: e se realmente ela se tornar melhor do que nós? E, à primeira oportunidade, jogamos nossas mulheres em água fervente com vulgaridade gordurenta, aliás, sem esquecer de temperar o caldo com duas ou três folhas de louro. E nota-se que quanto mais importante é a mulher, mais insistente é a nossa vontade de fazê-la corar.

Os diabos no inferno ficam com uma inveja de doer, vendo a astúcia jesuítica com que as pessoas sabem difamar umas às outras.

Após a morte, a pessoa não se torna nem pior nem melhor, nem mesmo após a morte, simplesmente pára de nos impedir de viver e, neste caso, nós que não somos alheios ao sentimento de gratidão, premiamos o falecido com o esquecimento imediato, sem dúvida agradável para ele. Creio que, em geral e sempre, o esquecimento é o melhor que podemos dar a um vivo ou a um morto daquela categoria de pessoas que nos incomodam totalmente em vão, com suas aspirações de fazer com que a humanidade seja melhor, e a vida, mais humana.

Porém, mesmo este bom costume, de deixar os falecidos caírem no rol do esquecimento, não raramente é infringido por nossa raiva mesquinha, nossa miserável sede de vingança e a hipocrisia de nossa moral, o que é testemunhado, por exemplo, nas atitudes em relação à finada Sófia Andrêievna Tolstáia. Acredito que posso falar sobre ela com total imparcialidade, porque não gostava dela nem um pouco e não gozava de sua simpatia, o que ela, sendo pessoa franca, não escondia de mim. Não eram raros os casos em que sua maneira de me tratar tinha um caráter ofensivo; porém, não me ofendia, pois eu via que, a maioria das pessoas que cercava seu santo marido, ela julgava como moscas, pernilongos, enfim, parasitas.

É provável que esse seu ciúme tenha amargurado Liev Tolstói às vezes. Isso oferece uma boa ocasião aos gracejadores para lembrar a fábula *O ermitão e o urso* [29]. Porém, seria muito mais oportuno e inteligente tentar imaginar quão grande e densa era a nuvem de moscas em torno do grande escritor e como eram maçantes alguns dos parasitas que se alimentavam do seu espírito. Toda mosca fazia questão de deixar sua marca na vida e na memória de Tolstói, e havia umas tão impertinentes que despertariam o ódio até no amoroso Francisco de Assis. Portanto, a hostilidade de Sófia Andrêievna, pessoa veemente, era mais do que natural em relação a eles. Já Liev Tostói, como todos os grandes artistas, era muito condescendente com as pessoas; ele tinha seus próprios e originais julgamentos que, muitas vezes, em nada coincidiam com a moral estabelecida; no *Diário* de 1882, ele escreveu sobre um conhecido seu: "Se ele não tivesse essa paixão por cachorros, seria um canalha acabado".

Já no final dos anos 1880, sua esposa pôde se convencer de que a proximidade de certas pessoas do rebanho de admiradores e 'discípulos' só trazia a Liev Tolstói aborrecimentos e desgostos. É evidente que chegavam ao conhecimento dela os escândalos e os dramas penosos das colônias de 'tolstoistas', tais como o drama da colônia de Akhanguelski, em Simbirsk, que havia terminado no suicídio de uma jovem camponesa e logo depois refletida no conto de Karonin, "A colônia de Borsk", de grande repercussão.

Ela sabia dos públicos e detestáveis "desmascaramentos da hipocrisia do conde Tolstói", cujos organizadores eram os 'tolstoistas'

---

29. De autoria de I. A. Krilov (1769-1844, Rússia), escritor e fabulista. (O urso, amigo do ermitão, joga uma pedra grande no rosto do ermitão adormecido, para matar uma mosca que não parava de pousar nele, e mata o amigo. Moral da história: "Com um amigo desse, ninguém precisa de inimigo".) (N. de T.)

arrependidos, tais como Ilin, autor do maldoso e histérico livro *O diário de Tolstói*; ela lia os artigos de Novossiólov, antigo discípulo de Liev Tolstói e organizador da colônia de Novossiólov; ele publicava esses artigos na revista *Pravoslávnoie Obozrénie*[30], órgão da 'igreja militante', ortodoxa como uma delegacia de polícia.

Ela deve ter conhecido a palestra sobre Tolstói do professor da Academia Eclesiástica de Kazan, Gússev, um dos mais impertinentes invectivadores da "heresia do enfatuado conde"; nessa palestra, o professor declarou, entre outras coisas, que havia se baseado nas informações sobre a vida doméstica do "pseudo-sábio de Iásnaia Poliana", obtidas de pessoas outrora empolgadas com sua confusa heresia.

Entre esses 'empolgados' com a prédica de seu marido, ela via Ménchikov, que, depois de saturar seu livro *Sobre o amor* com as idéias de Tolstói, transformou-se rapidamente num fanático e sinistro, começou a colaborar com o jornal *Nóvoie Vrêmia*[31] e era um dos mais destacados misantropos que trabalhavam com talento e alvoroço nesse depravado jornal.

Ela viu muitas pessoas desse tipo e, entre eles, Bulgákov, poeta de talento inato, obsequiado pelo seu marido; Liev Tolstói publicava os poemas medíocres de Bulgákov em *Rússkaia Misl*[32] e, em agradecimento, o semi-analfabeto poeta, doente e cheio de doentio amor-próprio, escreveu um sórdido artigo 'Na casa de Tolstói. Carta aberta a ele'. O artiguelho era tão grosseiro, mentiroso e mal escrito que, parece, ninguém ousou publicá-lo; mesmo na redação do *Moskóvskie Védomosti*[33] escreveram no manuscrito: "Não será publicado devido à extrema grosseria". Bulgákov enviou o original com essa inscrição a Tolstói, anexando uma carta na qual exigia que Tolstói publicasse 'a verdade sobre si mesmo'.

---

30. Panorama Ortodoxo. (N. de T.)
31. Tempo Novo. (N. de T.)
32. Pensamento Russo. (N. de T.)
33. Diário Oficial Moscovita. (N. de T.)

Não deve ter custado pouco a Sófia Andrêievna a história do conhecido 'tolstoista' Boulanger, e com isso, é claro, não se esgota tudo que ela via de grosseiro, hipócrita e cobiçoso nessa gente que se dizia 'correligionária' de Liev Tolstói.

Daí é inteiramente compreensível sua aguçada desconfiança dos admiradores e discípulos do marido, e, com esses fatos, justifica-se inteiramente sua vontade de afastar os parasitas do homem cuja grandeza criativa e tensão da vida espiritual ela via e compreendia perfeitamente. Não há dúvida de que, graças a ela, Liev Tolstói deixou de receber muitos coices de asno, e de ser atingido por muita lama e baba raivosa que não lhe dizia respeito.

Lembro-me de que, nos anos 1880, quase todo ocioso alfabetizado considerava uma questão de honra denunciar as invectivas religiosas, filosóficas, sociais e outras do gênio mundial. Essas invectivas chegavam, pelo visto, até pessoas de 'coração ingênuo' – é imortal a doce velhinha que jogava gravetos na fogueira de Jan Hus.

Vejo, como se fosse hoje, o confeiteiro Malomiérkov, de Kazan, perto do caldeirão com um xarope para caramelos fervendo, e ouço as palavras do produtor de balas e doces: "Seria bom deixar ferver aqui aquela víbora do Tolstói, o herege..."

Um barbeiro de Tzaritzin escreveu uma obra intitulada, se não me engano, *O conde Tolstói e os santos profetas*. Na primeira página do manuscrito, um dos sacerdotes locais traçou espaçadamente com tinta violeta: "Aprovo inteiramente esta obra, exceto a grosseria de expressões de ira, aliás, justa".

Meu camarada, o telegrafista Iúrin, corcunda inteligente, pediu ao autor que lhe emprestasse o manuscrito. Nós o lemos e fiquei pasmo com a raiva desenfreada que o barbeiro tinha do autor de *Polikuchka*, *Os cossacos*, *Qual é minha fé* e, parece-me, "Historinhas sobre três irmãos", que eu tinha lido pela primeira vez pouco antes disso. Pelas povoações de cossacos, pelas estações das ferrovias Griazi-Tzaritzin e Volgo-Don peregrinava um velho coxo, cossaco de Log; ele andava contando que "perto de Moscou, o conde Tolstói incitava um motim contra a fé e o czar", tirou terras de não se sabe que camponeses e as entregou aos "carteiros de origem nobre, todos parentes seus".

Os ecos dessa barafunda obscura de sentimentos e idéias, provocados pela voz alta da consciência inquieta do gênio, chegavam provavelmente a Iásnaia Poliana, e é claro que não apenas por isso os anos 1880 foram os mais difíceis na vida de Sófia Andrêievna. Seu papel naquela época eu vejo como um papel heróico. Ela deve ter tido muita força de espírito e muita perspicácia para poder esconder de Tolstói muita maldade e vulgaridade, muito daquilo que nem ele nem ninguém, aliás, precisava saber, e que poderia influenciar toda a sua atitude em relação às pessoas.

É mais fácil matar a calúnia e a maldade com o silêncio.

Se olharmos a vida dos mestres com imparcialidade, veremos que não somente eles, como se costuma pensar, estragam os discípulos, mas também os discípulos deformam o caráter de seu mestre: uns, com sua obtusidade; outros, com sua conduta irreverente; e outros ainda, com a assimilação caricata de sua doutrina. Nem sempre Liev Tolstói era completamente indiferente às opiniões sobre sua vida e sua obra.

E mais: pelo visto, sua mulher não se esquecia de que Tolstói vivia num país onde tudo era possível, onde o governo encarcerava pessoas sem julgamento algum e as mantinha na cadeia por vinte anos. O sacerdote 'herege' Zolotnítski chegou a passar trinta anos na prisão do mosteiro de Suzdal e foi solto apenas quando sua razão apagou-se completamente.

O artista não procura a verdade, ele a cria.

Não acho que Liev Tolstói estivesse satisfeito com a verdade que pregava para as pessoas. Coexistiam na verdade, de um modo contraditório que deve ter sido muito atormentador, dois tipos essenciais de razão: a razão inventiva de criador e a razão cética de pesquisador. O autor de *Guerra e paz* talvez tivesse inventado e oferecido às pessoas sua doutrina religiosa apenas para que elas não atrapalhassem seu tenso e laborioso trabalho de artista. É bem provável que o genial artista Tolstói olhasse para o obstinado pregador Tolstói com um sorriso condescendente, meneando maliciosamente a cabeça. Em seu *Juventude* há provas diretas de sua rejeição ao pensamento analítico; assim, por exemplo, no capítulo III, página 22, do ano de 1852, ele escreveu: "É possível que um grande número de pensamentos caiba ao mesmo tempo numa cabeça, especialmente na cabeça vazia".

Pelo visto, já naquela época os 'pensamentos' atrapalhavam a principal necessidade de seu coração e espírito – a necessidade de criação artística. Somente a torturante revolta do 'pensamento' que ele sentia contra sua inconsciente atração pela arte, somente a luta desses dois princípios dentro de seu espírito pode explicar por que ele disse: "...a consciência é o maior dos males que pode acometer o homem".

Numa das cartas a Arsiénieva, ele disse: "Inteligência em demasia atrapalha".

Mas os pensamentos não lhe davam sossego, obrigando-o a juntá-los e atá-los em algo que se assemelhasse a um sistema filosófico. Durante trinta anos ele tentou fazer isso e nós vimos como o grande artista chegou à negação da arte – o indiscutível eixo essencial de sua alma.

Nos últimos dias de sua vida, ele escreveu:

"Senti vivamente o pecado e a tentação que representa a escrita, senti isso nos outros e transferi solidamente para mim."

Na história da humanidade, não há outro caso tão triste; eu, pelo menos, não me lembro de nenhum grande artista do mundo que tenha chegado à convicção de que a arte, o mais belo de tudo que o homem alcançou, é um pecado.

Numa palavra: Liev Tolstói foi o homem mais complexo entre as maiores personalidades do século XIX. O papel da única amiga íntima, esposa, mãe de muitos filhos e dona de casa de Liev Tolstói é, sem dúvida, um papel muito difícil e de grande responsabilidade. Seria possível negar que Sófia Tolstáia via e sentia, melhor e mais profundamente do que ninguém, o ambiente cotidiano sufocante e apertado, no qual o gênio vivia, enfrentando gente fútil? E, ao mesmo tempo, ela via e entendia que um grande artista é realmente grande quando ele, secreta e maravilhosamente, cria a obra de seu espírito, mas jogando preferência[34] e perdendo, zanga-se como um simples mortal, até sem razão, às vezes, e atribui seus erros a outros, como faz gente simples e como ela mesma talvez fizesse.

Sófia Andrêievna não era a única que não entendia por que um romancista genial precisa arar, construir fornos, fazer botas; muitos não entendiam isso, inclusive os eminentes contemporâneos de Tolstói. Mas eles apenas se surpreendiam com o insólito, enquanto ela deve ter experimentado outros sentimentos. Talvez ela tenha se lembrado do que um dos teóricos russos do 'niilismo', entre outras coisas, autor de um estudo interessante sobre o Apolônio de Tiana[35], proclamou: "Botas estão acima de Shakespeare".

Certamente, essa solidariedade inesperada do autor de *Guerra e paz* com as idéias de 'niilistas' deixou Sófia Andrêievna infinitamente mais desgostosa do que qualquer outro; conviver com um escritor que relê sete vezes as provas de seu livro e toda vez o reescreve quase por inteiro, aflito e afligindo os outros de forma atormentada; conviver com o criador de um enorme mundo, não existente antes dele – seríamos nós capazes de compreender e estimar todas as inquietações de uma vida tão excepcional?

Ignoramos como e o que falava a mulher de Liev Tolstói naqueles momentos, quando ele, olhos nos olhos, lia para ela, a primeira a ouvir, os capítulos que acabava de escrever de um livro? Mesmo sem esquecer a monstruosa perspicácia do gênio, acredito

---

34. Jogo de cartas. (N. de T.)
35. Apolônio de Tiana (cidade antiga da Capadócia), propagador das doutrinas de Pitágoras. (N. de T.)

que certos traços femininos das personagens de seu grandioso romance são conhecidos apenas pela mulher e por ela foram sugeridos ao romancista.

Ao que parece, para complicar mais ainda a confusão de nossas vidas, todos nós nascemos professores uns dos outros. Não encontrei uma pessoa sequer que fosse totalmente alheia ao importuno desejo de ensinar ao próximo. Embora já tivessem me falado que este vício é necessário para fins de evolução social, continuo com a minha convicção de que a evolução social ganharia significativamente em rapidez e humanidade, e as pessoas seriam mais originais, se ensinassem menos e aprendessem mais.

As idéias, violentando o grande coração de artista de Liev Tolstói, acabaram obrigando-o a assumir o penoso e ingrato papel de 'professor da vida'. Assinalou-se repetidas vezes que o 'ensinamento' deturpa o trabalho do artista. Acho que no grandioso romance histórico de Tolstói haveria mais 'filosofia' e menos harmonia se não se percebesse nele a influência da mulher. E talvez tenha sido justamente por instância da mulher que a parte filosófica de *Guerra e paz* foi separada e deslocada para o final do livro, onde ela não incomoda nada nem ninguém.

Entre os méritos da mulher perante nós, deve-se incluir o fato de que ela não gosta de filosofia, embora seja ela quem faz vir ao mundo os filósofos. Na arte, há filosofia plenamente suficiente. O artista, vestindo as idéias nuas de belas imagens, oculta milagrosamente a triste impotência da filosofia diante dos obscuros mistérios da vida.

As pílulas amargas sempre são dadas às crianças em embalagens bonitas – isso é muito inteligente e caridoso.

Jeová criou o mundo tão malfeito porque era celibatário. Isso não é somente brincadeira de um ateu; nessas palavras foi expressa a inabalável confiança na importância da mulher como inspiradora da criação e harmonizadora da vida. A lenda trivial sobre o 'pecado original' de Adão jamais perderá seu profundo sentido: o mundo deve toda a sua felicidade à ávida curiosidade da mulher. Já as desgraças o mundo deve à estupidez coletiva de toda a humanidade, incluindo a das mulheres.

"O amor e a fome governam o mundo" – é a epígrafe mais verídica e mais própria à interminável história de sofrimentos do homem. Mas lá, onde governa o amor, nós, feras ainda recentes, temos cultura – a arte e tudo que há de sublime, do que nos orgulhamos com justeza. E lá, onde a inspiração de nossos feitos é a fome, recebemos a civilização e todas as infelicidades inerentes a ela, bem como pesados sacrifícios e restrições, aliás, necessários às feras recentes. A mais terrível espécie de nescidade é a avareza, que é uma característica zoológica. Fossem os homens menos avaros, seriam mais satisfeitos, mais inteligentes. Não é um paradoxo; pois é evidente: se aprendêssemos a repartir as sobras, que só tornam a vida mais pesada, o mundo seria mais feliz, e as pessoas seriam mais agradáveis. Porém, apenas alguns homens de artes e ciências dão ao mundo todos os tesouros de seu espírito e, como todos os outros, alimentam vermes após a morte, mas, ainda em vida, servem de alimento aos críticos e moralistas, que vegetam em sua pele como líquen na casca das árvores frutíferas.

O papel da serpente no paraíso fez Eros, força indomável à qual Liev Tolstói obedecia de boa vontade e servia zelosamente. Não me esqueci por quem foi escrita *Sonata a Kreutzer*, mas lembro-me também de como o comerciante de Níjni Nóvgorod, A. P. Bolchakov, de 72 anos de idade, observando pela janela de sua casa as colegiais passando pela rua, disse, com um suspiro: "Ah, que pena que envelheci cedo! Eis aí as mocinhas, mas não me servem para nada, so me despertam raiva e inveja!"

Tenho certeza de que não ofuscarei a luminosa imagem do grande escritor, dizendo: em *Sonata a Kreutzer*, sente-se essa raiva de Bolchakov, totalmente natural e legítima. O próprio Liev Tolstói queixava-se da ironia sem-vergonha da natureza que esgota as forças, mas deixa o desejo.

Falando da sua mulher, convém lembrar-se de que, apesar de sua natureza passional de artista, Sófia Andrêievna foi sua única mulher durante quase meio século. Era sua íntima, fiel e, parece, única amiga. Embora, com a generosidade de um rico de espírito, Liev Tolstói chamasse de amigos muitas pessoas, eram apenas seus correligionários. E, concordem, é difícil imaginar alguém que realmente pudesse servir de amigo para Liev Tolstói.

Somente a constância e a longa duração da união com Tolstói dão a Sófia Andrêievna o direito de ser respeitada por todos os admiradores, verdadeiros e falsos, da obra e da memória do gênio; somente por essa razão os senhores pesquisadores do 'drama familiar' de Tolstói deveriam segurar sua língua ferina, seus sentimentos de rancor e de vingança estritamente pessoais, suas 'buscas psicológicas' que lembram o trabalho sujo dos agentes secretos da polícia, seu desejo muito sem-cerimônia e até cínico de comungar com a vida do grande escritor, nem que fosse tocando nele de leve.

Relembrando os dias felizes e de grande honra do meu relacionamento com Liev Tolstói, silenciei propositadamente sobre Sófia Andrêievna. Eu não gostava dela. Notei nela um desejo ciumento, sempre forte e até doentiamente tenaz de frisar seu papel indiscutivelmente enorme na vida do marido. Eu via nisso certa semelhança com o homem do circo que, apresentando um velho leão, primeiro aterroriza o público com a força da fera e depois demonstra que justamente ele, o domador, é a única pessoa do mundo a quem o leão obedece e ama. A meu ver, tais demonstrações, às vezes cômicas, eram perfeitamente dispensáveis para Sófia Tolstáia e até a humilhavam, de certo modo. Não lhe convinha se salientar, ainda porque, naquela época, não havia ninguém perto de Tolstói que fosse capaz de competir com sua mulher em inteligência e energia. Hoje, vendo e conhecendo os julgamentos de vários Tchertkov sobre ela, acho que os motivos de seu ciúme de pessoas estranhas, o patente desejo de estar à frente do marido e mais algumas coisas desagradáveis nela – tudo isso foi provocado e justificado pelas atitudes dos outros em relação à mulher de Tolstói, seja durante a vida, seja após a morte dele.

Observei Sófia Andrêievna durante vários meses em Gaspra, na Criméia, quando o estado de Tolstói era tão grave que o governo esperava sua morte e já enviara um procurador de Simferópol, que ficou aguardando em Ialta e preparava-se, como diziam, para confiscar os papéis do escritor. A propriedade da condessa S. Pánina, onde morava a família Tolstói, estava cercada de espiões que vagavam pelo parque, e Leopoldo Sulerjítski enxotava-os como se enxotam porcos de uma horta. Sulerjítski já havia levado a Ialta uma parte dos manuscritos de Tolstói e lá os escondeu. Se não me engano, em Gaspra estava reunida toda a família Tolstói: filhos, genros, noras; a impressão que tive foi que lá havia muita gente desamparada e doente. Pude ver muito bem em que redemoinho de pequenas 'coisas da vida' mais venenosas debatia-se a mãe dos Tolstói, tentando proteger o repouso do enfermo, seus manuscritos, acomodar os filhos, afastar a barulhenta impertinência das visitas de 'sinceros simpatizantes', de curiosos profissionais e ainda dar de comer e de beber a todo mundo. Era preciso também conciliar os médicos em sua recíproca ciumeira, pois cada um deles tinha certeza de que o grande mérito da cura do enfermo pertencia justamente a ele.

Sem exagerar, pode-se dizer que, naqueles penosos dias, como sempre em dias de infortúnios, aliás, o maldoso vento de vulgaridade amontoou dentro de casa lixo de todo tipo: pequenos dissabores, futilidades inquietantes.

Liev Tolstói não era tão rico, como se costuma pensar; ele era literato e vivia de seus honorários de escritor, junto com um monte de filhos que, mesmo sendo já bem adultos, não sabiam trabalhar. Nesse turbilhão de ofuscante poeira da vida, Sófia Andrêievna corria para cá e para lá de manhã até a noite, com os dentes arreganhados de tão nervosa, os olhos inteligentes apertados, surpreendendo por ser infatigável e hábil, sempre chegando ao lugar certo no momento certo, sabendo acalmar a todos, fazer pessoas insignificantes, descontentes umas com as outras, pararem com seus lamentosos zumbidos.

A mulher anêmica de Andrei Lvóvitch andava com ar assustado: grávida, dera um passo em falso e esperava-se que tivesse um natimorto. Ofegava e roncava o marido de Tatiana Tolstáia, era doente do coração. Serguéi Tolstói, homem de uns 40 anos, modesto e inexpressivo, procurava, desanimado e sem êxito, parceiros para jogar preferência. Aliás, outrora, tentara compor música, e um dia, na minha casa, tocou para Goldenweiser uma romança com letra de Tiútchev: "Por que tu uivas, vento noturno?" Não me lembro como a avaliou Goldenweiser, mas o doutor A. N. Aleksin, entendido em música, achou que na obra de Serguéi Tolstói havia incontestável influência de cançonetas francesas.

Repito que tive uma impressão estranha, porém, talvez ela fosse errada: nenhum membro da enorme família Tolstói era saudável, todos eram pouco agradáveis uns com os outros e todos viviam entediados. Aliás, parece-me que Aleksandra Tolstáia teve disenteria quando seu pai já estava reconvalescendo do mesmo mal. Todos precisavam da atenção e dos cuidados de Sófia Tolstáia, e muitas coisas poderiam ser desagradáveis e desassossegar o grande artista que pretendia partir dessa vida tranqüilamente.

Lembro-me de como S. Tolstáia preocupava-se em não deixar cair nas mãos de seu marido algum exemplar do jornal *Nóvoie Vrémia* com a publicação de um conto de Liev Tolstói, o filho, ou um folhetim crítico-satírico de V. P. Buriénin sobre o ele. Era fácil de confundir: o problema é que Tolstói, o filho, publicava alguns de seus contos no mesmo jornal em que o maldoso folhetinista Buriénin ridicularizava-o grosseiramente, chamando-o de 'Tigre Tígrevitch Bêbe Babão' e até dava o endereço do escritor azarado: "perto do templo do Salvador, na rua Bolvanka, Casa Amarela". Liev Tolstói, o filho, preocupava-se com que não suspeitassem que imitava seu grande pai e, provavelmente por isso, publicou na revista muito displicente de Iassínski, *Ejemiéssiatchnye sotchiniénia*[36], um romance 'antitolstoísta' sobre o bem do bismuto e o mal do arsênico. Isso não é uma brincadeira, esse foi o objetivo do romance. E, nessa mesma revista, Iassínski publicou uma resenha indecente sobre o romance *Ressurreição*, de Tolstói, o pai, na qual o autor permitiu-se comentar os capítulos que haviam sido excluídos pela censura na edição russa e só apareceram na edição berlinense, anterior à russa. Sófia Andrêievna considerou esta resenha uma delação, e com toda razão.

Falo dessas coisas sem muita vontade, apenas porque acho necessário demonstrar mais uma vez a excepcional complexidade das condições em que vivia Sófia Tolstáia, e quanta inteligência e tato elas exigiam. Como todas as grandes pessoas, Tolstói vivia como que numa estrada de grande trânsito; e qualquer um que passasse por ele, sentia-se no direito de tocar nesse extraordinário e admirável homem, de um modo ou de outro. Não há dúvida de que não foram poucas as mãos sujas e interesseiras que Sófia Andrêievna empurrou para longe do marido, e que afastou inúmeros dedos curiosos e frios que queriam verificar grosseiramente a profundidade das feridas espirituais desse homem rebelde, tão caro a ela.

O mais grave pecado atribuído a Sófia Andrêievna são suas atitudes nos dias da Revolução Agrária dos anos 1905-6. Ficou provado que naqueles dias ela agiu igual a centenas de outras proprietárias de terras, que contratavam diferentes selvagens belicosos para "defender a cultura agrícola russa da destruição por selvagens". Parece que ela também havia contratado uns montanheses do Cáucaso para proteger Iásnaia Poliana.

Falava-se que, por ser mulher de Liev Tolstói e por negar o direito à propriedade privada, ela não deveria ter impedido os mujiques de pilhar sua fazenda. Mas essa mulher sentia-se na obrigação

---

[36]. Obras Mensais. (N. de T.)

de salvaguardar a vida e a tranqüilidade de Liev Tolstói, pois ele morava justamente em Iásnaia Poliana, que lhe dava as maiores condições do costumeiro e necessário sossego para seu trabalho espiritual. Um sossego tanto mais necessário porque já estava vivendo com suas últimas forças e podia se desprender dessa vida a qualquer momento. Ele foi embora de Iásnaia Poliana somente cinco anos após esses acontecimentos. Pessoas perspicazes podem achar que nisso esteja escondida uma insinuação grosseira: Liev Tolstói, revolucionário, anarquista, deveria ter ido embora ou teria feito ainda melhor se abandonasse a propriedade, na época da revolução. É evidente que não há nisso nenhuma insinuação; quando quero dizer alguma coisa, falo abertamente.

A meu ver, Liev Nikoláievitch, em geral, não deveria ir embora nunca; e as pessoas que o ajudaram nisso teriam agido mais prudentemente se o tivessem impedido de fazê-lo. 'A ida' de Tolstói encurtou sua vida, preciosa até o último minuto – eis um fato indiscutível.

Escreve-se que Tolstói foi expulso, desalojado da casa por sua mulher, psiquicamente anormal[37]. Não é claro para mim quem exatamente dos que cercavam Tolstói naqueles dias era completamente normal psiquicamente. E não entendo por que as pessoas normais, achando a mulher dele psiquicamente anormal, não pensaram em lhe dar a devida atenção e não foram capazes de isolá-la.

Leopoldo Sulerjítski, homem honestíssimo, que, inveterado, odiava a propriedade e era anarquista por natureza, não pela aprendi-

---

37. No 4º livro do Arquivo Vermelho foi publicado um artigo profundo e interessante – 'Os últimos dias de Liev Tolstói'. Entre outras coisas, é citado um relatório do general da gendarmaria Lvov e eis o que lemos nele:
"Nas conversas com o capitão da cavalaria Savítski, Andrei Tolstói disse que o isolamento de Tolstói da família e, em especial, de sua mulher, foi precisamente o resultado da influência de Tchertkov, exercida sobre os médicos e a filha Aleksandra."
E mais adiante:
"Por algumas frases poder-se-ia concluir que à família Tolstói não era permitido visitar o enfermo sem um aviso prévio, porque não tinham nenhuma relação com o estado de sua saúde." (N. do A.)

zagem, não gostava de Sófia Andrêievna Tolstáia. Porém, eis como ele descreveu a si mesmo a atitude dela em 1905-6:

"Certamente, a família Tolstói não olhava com muita alegria como os mujiques pilhavam aos poucos a propriedade de Iásnaia Poliana, cortavam o bosque de bétulas que ele havia plantado com suas próprias mãos. Creio que ele mesmo sentia pena do bosque. Essa pena e tristeza geral e talvez tácita, cega, provocou, obrigou Sófia a esse ato, pelo qual – ela sabia disso – apanharia. Sendo inteligente, ela não podia deixar de saber, de levar isso em conta. Mas todo mundo se aflige e ninguém ousa se defender. Então quem arriscou – foi ela. E eu a respeito por isso. Um dia desses irei a Iásnaia Poliana e lhe direi: eu respeito! Mesmo acreditando que foi o silêncio que a forçou a dar esse passo. Mas nada disso tem importância, contanto que Tolstói continue inteiro."

Conhecendo um pouco as pessoas, acho que a suposição de Sulerjítski está certa. Ninguém ousaria dizer que Liev Tolstói não era sincero quando negava a propriedade, mas também tenho certeza de que ele sentia pena do bosque de bétulas. Era obra de suas mãos, de seu próprio trabalho. E surge aqui uma pequena contradição entre a razão e o antigo instinto, embora Tolstói fosse sinceramente hostil a ele.

Vou acrescentar: vivemos na época de uma ampla e audaciosa experiência de liquidação da propriedade privada sobre a terra e os meios de produção, e eis que estamos vendo como esse maldito instinto obscuro cresce ironicamente, ganha força e deturpa pessoas honestas, transformando-as em criminosos.

Liev Tolstói é um grande homem; e o fato de que o 'humano' não lhe era alheio, não ensombra nem um pouco a luminosidade de sua imagem. Mas isso de modo algum o iguala a nós. Psicologicamente, seria muito natural que os grandes artistas, também em seus pecados, fossem maiores do que os pecadores comuns. Em alguns casos, vemos que é isso mesmo.

Afinal, o que foi que aconteceu?

Apenas que uma mulher, depois de ter vivido mais de cinqüenta anos difíceis com um grande artista, homem rebelde e muito *sui generis*, uma mulher que foi a única amiga em todo o caminho da vida dele e ajudante ativa em seu trabalho, cansou-se terrivelmente, o que é bem compreensível. Ao mesmo tempo, sendo velha e vendo o colosso de seu marido se desprender do mundo, sentiu-se só, inútil a todos, e isso a revoltou.

Num estado de indignação com o fato de que pessoas estranhas tiraram-na do lugar que ela ocupou por meio século, Sófia Tolstáia comportou-se, segundo dizem, de uma maneira não suficientemente leal em relação à muralha de moral levantada para restringir o homem, que mal havia inventado a si mesmo, às pessoas.

Sua indignação acabou tomando um caráter quase de demência.

Depois, abandonada por todos, morreu solitária e, após sua morte, lembraram-se dela apenas para ter o prazer de caluniá-la.

Eis tudo.

Anton Tchékhov

Certa vez, convidou-me à aldeia de Kutchuk-Koi[1], onde tinha uma nesga de terra e uma casinha branca de dois pavimentos. Lá, mostrando-me sua 'propriedade', falava com animação:

— Se eu tivesse muito dinheiro, faria aqui um sanatório para professores doentes de escolas rurais. Sabe, construiria um prédio claro, com muitas janelas e pés-direitos altos. Teria uma bela biblioteca, instrumentos musicais diversos, apiário, horta, pomar; poder-se-ia fazer palestras sobre agronomia, meteorologia, um professor precisa saber de tudo, meu caro, de tudo!

Calou-se de repente, tossiu, olhou para mim de lado, sorriu com seu sorriso suave, simpático, que sempre atraía irresistivelmente e chamava uma atenção particularmente viva para suas palavras.

— É tedioso para o senhor ouvir minhas fantasias? Mas eu gosto de falar sobre isso. Se soubesse como é necessário à aldeia russa um professor bom, inteligente, instruído! Aqui na Rússia ele deveria receber condições especiais, e isso deve ser feito logo, se nós entendermos que sem ter uma ampla instrução do povo, o Estado desmoronará como uma casa feita de tijolos queimados! Um professor deve ser ator, artista apaixonado por seu ofício, mas o que temos é um trabalhador braçal, mal instruído, que vai à aldeia ensinar as crianças com a mesma vontade que iria ao exílio. Ele vive esfomeado, oprimido, amedrontado com a possibilidade de perder seu ganha-pão. Enquanto é preciso que ele seja a primeira pessoa da aldeia, que responda ao mujique todas as suas perguntas, que os mujiques reconheçam nele uma força digna de aten-

---

1. Lugarejo perto de Ialta, Criméia. (N. de T.)

ção e respeito, e que ninguém ouse gritar com ele... humilhá-lo, como fazem todos: o policial, o rico vendeiro, o pope, o comissário da polícia rural, o curador da escola, o sargento e o chamado inspetor de escolas, que apenas se preocupa com a execução rigorosa das circulares administrativas do distrito, e não com a melhor organização da instrução. É um absurdo pagar tostões ao homem cuja missão é educar o povo, você entende? Educar o povo! Não se pode permitir que esse homem ande em farrapos, trema de frio nas escolas úmidas, cheias de rachaduras, sofra de intoxicações, resfriados, e, aos trinta anos de idade, tenha laringite, reumatismo, tuberculose... pois isso nos envergonha! Durante oito ou nove meses do ano, nosso professor vive como um eremita, não tem com quem trocar uma palavra, fica ensimesmado sem livros nem diversões. E, se ele convidar seus camaradas, é apontado como politicamente suspeito, termo idiota com o qual os astutos intimidam os tolos! Isso tudo é detestável... é um escárnio em relação à pessoa que realiza um trabalho grande e tremendamente importante. Sabe, quando vejo um professor, fico constrangido por ele ser tímido, por estar mal vestido e parece-me que eu é que tenho alguma culpa nessa sua miséria... falo sério!

Ele se calou, pensou e, fazendo um gesto com a mão, disse em voz baixa:

— É um país tão absurdo e desajeitado essa nossa Rússia.

A sombra de uma profunda tristeza permeou seus olhos simpáticos, os raios finos de rugas os cercaram, tornando seu olhar mais ensimesmado. Olhou em sua volta e brincou:

— Está vendo, foi um perfeito editorial de um jornal liberal que li para você. Vamos, vou lhe oferecer um chá por ter sido tão paciente...

Isso lhe acontecia com freqüência: falava calorosamente, com seriedade e franqueza e, de repente, ria de si mesmo e de seu discurso. E, nesse riso suave e triste, sentia-se o fino ceticismo de quem sabe o valor das palavras, o valor dos sonhos. E ainda transparecia nesse riso uma modéstia cativante, uma delicadeza apurada.

Devagar e em silêncio, fomos andando em direção à casa. O dia estava claro e quente; brincando com os vivos raios de sol, marulhavam as ondas; ao pé da montanha, um cachorro contente com alguma coisa soltava ganidos afetuosos. Tchékhov pegou-me pelo braço e, tossindo, disse pausadamente:

— É vergonhoso e triste, mas é verdade: há muita gente que inveja os cães...

E rindo, em seguida, acrescentou:

— Hoje só falo palavras caducas... quer dizer que estou envelhecendo!

Em muitas ocasiões ouvia dele:

— Sabe, chegou um professor... está doente, é casado, você não teria a possibilidade de auxiliá-lo? Por enquanto eu o acolhi...

Ou:

— Escute, Górki, há um professor que gostaria de conhecê-lo. Ele não sai de casa, está doente. Dê uma chegada até a casa dele, está bem?

Ou ainda:

— Umas professoras pedem para que lhes enviemos livros...

Às vezes eu encontrava em sua casa o 'professor'. Geralmente, sentado na beirada da cadeira, corado por perceber seu próprio constrangimento, com suor no rosto procurava palavras para se expressar de maneira mais fluente e 'culta'; ou com desenvoltura, própria de pessoas doentiamente tímidas, concentrava-se no desejo de não parecer tolo aos olhos do escritor e crivava Anton Pávlovitch com uma saraivada de perguntas que, provavelmente, nem lhe haviam passado pela cabeça até aquele momento.

Anton Pávlovitch ouvia com atenção todo o desajeitado discurso; em seus olhos tristes havia o brilho de um sorriso, tremiam as ruguinhas em suas têmporas, e ele, com sua voz profunda, suave e como que velada, começava a falar com palavras simples, claras, palavras vivas que em seguida traziam o interlocutor à simplicidade: ele deixava de dar uma de sabichão e, com isso, se tornava mais inteligente e mais interessante...

Lembro-me de como um professor alto, magro, o rosto amarelado, esfaimado, o nariz comprido e adunco, curvado melancolicamente para o queixo, estava sentado em frente a Anton Pávlovitch e, fitando-o com seus olhos negros, falava de modo sorumbático, com a voz grave, um tanto surda:

— De semelhantes impressões da vida, durante o período escolar, forma-se um conglomerado psíquico tal que elimina qualquer possibilidade de atitude objetiva em relação ao mundo que nos cerca. É claro, o mundo não é senão nossa representação dele...

Aí ele entrou no campo da filosofia e parecia um bêbado andando no gelo.

— Mas diga-me — perguntou-lhe Tchékhov em tom baixo e afável — em seu concelho, quem é que bate nas crianças?

O professor pulou da cadeira e pôs-se a agitar os braços, indignado:

— O que está dizendo? Eu? Bater? Nunca!

— E bufou com ar amuado.

— Acalme-se — continuou Anton Pávlovitch, com sorriso tranqüilizador —, por acaso eu disse que foi você? Só que eu me lembro, li isso nos jornais – alguém bate, e é justamente em seu concelho...

O professor sentou-se, enxugou o rosto suado, suspirou com alívio e disse com voz surda, de baixo:

— É verdade! Houve um caso. Foi Makárov. E, sabe, não é de estranhar. É uma barbárie, porém explicável. Casado, com quatro filhos, a mulher é doente, ele também, de tísica, o salário – vinte rublos –, a escola é um porão e para o professor só há uma sala. Nessas condições, bate-se até num anjo de Deus sem culpa alguma, e os alunos estão longe de ser anjos, acredite!

De repente, balançando seu sinistro nariz adunco, esse homem que acabara de atacar Tchékhov impiedosamente com seu vocabulário erudito, começou a usar palavras simples, pesadas como pedra, mostrando vivamente a maldita e apavorante verdade sobre a vida real na aldeia russa.

Na despedida, com as duas mãos, o professor segurou a mão de dedos finos, pequena e magra do anfitrião, e, sacudindo-a, disse:

—Vim para cá como quem vai ao gabinete da chefia – tímido e trêmulo, mas inchado como um pavão, querendo mostrar que não sou um joão-ninguém... e despeço-me como de um bom amigo, que tudo pode compreender. Compreender tudo – é uma grande coisa! Agradeço-lhe! Estou indo embora. Levo comigo um bom e belo pensamento: pessoas eminentes são mais simples e compreensíveis, seu coração é mais próximo do nosso irmão do que de todas essas misérias no meio das quais vivemos. Jamais me esquecerei do senhor...

Seu nariz tremeu, os lábios abriram-se num generoso sorriso e ele acrescentou, inesperadamente:

— Mas, no fundo, os patifes também são uns infelizes, o diabo que os carregue!

Quando ele saiu, Anton Pávlovitch seguiu-o com o olhar, sorriu e disse:

— Bom rapaz. Não ensinará por muito tempo...

— Por quê?

— Será perseguido... enxotado...

Pensou e completou com um tom suave e a voz baixa:

— Na Rússia, uma pessoa honesta é como um limpador de chaminés, cuja imagem as babás usam para assustar criancinhas...

Parece-me que, na presença de Anton Pávlovitch, qualquer pessoa tinha o desejo involuntário de ser mais simples, mais sincera, de ser ela mesma, e observei mais de uma vez como as pessoas se despiam de seus variegados trajes de frases livrescas, palavras em voga e outros adornos baratos com os quais o homem russo, querendo se mostrar europeizado, enfeita-se como um selvagem o faz com conchas, dentes de peixe. Anton Pávlovitch não gostava de dentes de peixe nem de plumagens de galo; tudo que era variegado, tilintante e de origem alheia, usado para adquirir uma 'importância maior', deixava-o aflito, e notei que toda vez, vendo diante de si um homem ataviado, era dominado pelo desejo de despojá-lo desse pesado e inútil ouropel que desfigura a face verdadeira e a alma viva do interlocutor. A. Tchékhov viveu a vida toda com os recursos de sua alma, sempre foi ele mesmo e livre por dentro, nunca tomava em consideração aquilo que uns esperavam de Anton Pávlovitch, e outros, mais rudes, exigiam. Não gostava das conversas sobre 'altas matérias', conversas com as quais o homem russo distrai-se com tanto afinco, esquecendo-se de que é ridículo e nada espirituoso entrar em divagações sobre os futuros ternos de veludo quando não se pode ter nem uma calça decente no presente.

Sendo simples de uma maneira bonita, ele gostava de tudo simples, verdadeiro, sincero, e tinha seu meio original de fazer com que as pessoas se tornassem simples.

Certa vez, foi visitado por três damas com roupas suntuosas; elas encheram a sala com o frufru de suas saias de seda e com o odor de um perfume forte, sentaram-se cerimoniosamente diante do anfitrião e, com ares de quem se interessa muito por política, começaram a 'levantar questões':

— Anton Pávlovitch, a seu ver, como acabará a guerra?

Anton Pávlovitch tossiu, pensou e, de uma maneira delicada e afável, mas em tom sério, respondeu:

— Provavelmente, acabará em paz.

— Sim, é claro! Mas quem vencerá? Os gregos ou os turcos?

— Parece-me que vencerá o mais forte.

— E quem acha que é mais forte? — as damas perguntavam ao mesmo tempo.

— Aqueles que melhor se alimentam e são mais instruídos...

— Ah, como isso é espirituoso! — exclamou uma delas.

— E de quem o senhor gosta mais, dos gregos ou dos turcos? Perguntou outra.

Anton Pávlovitch olhou para ela, afável, e respondeu com um sorriso dócil e amável:

— Eu gosto de geléia... e a senhora, gosta?

— Muito! — animou-se a dama.

— É tão aromática! — confirmou a outra com convicção.

E todas as três começaram a falar com entusiasmo, revelando excelente erudição em questão de geléia e profundo conhecimento de causa. Com toda a evidência, estavam muito contentes por não precisarem quebrar a cabeça e fingir sério interesse por gregos e turcos, sobre os quais nem haviam pensado até aquela hora.

— Nós lhe mandaremos geléia!

— Foi uma boa conversa! — observei, depois que elas saíram.

Anton Pávlovitch riu baixinho e disse:

— É preciso que cada um fale sua própria língua.

Em outra ocasião, encontrei em sua casa um jovem e bonito assistente de procurador. Estava em pé diante de Tchékhov e, sacudindo o cabelo cacheado, falava com desembaraço:

— Com o seu conto "O malfeitor", Anton Pávlovitch, o senhor suscitou-me questões extremamente difíceis. Se eu reconhecer que Denis Grigórlev agiu mal de caso pensado, conscientemente, deveria, sem reservas, metê-lo na cadeia, como exigem os interesses da sociedade. Porém, é um selvagem que não tem consciência do caráter criminoso de seu feito e tenho pena dele! Se a minha atitude em relação a ele for como a atitude em relação a um sujeito que agiu sem compreensão, e eu me deixar ser dominado pela compaixão, como posso garantir à sociedade que Denis não irá desatarraxar as porcas dos trilhos e não causará um novo descarrilhamento do trem? Eis a questão! O que fazer?

Ele se calou e jogou o corpo para trás, fitando Anton Pávlovitch com um olhar perscrutador. Seu uniforme era novinho, e os botões no peito brilhavam do mesmo jeito presunçoso e obtuso que os olhinhos no rosto liso do jovem defensor da justiça.

— Se eu fosse juiz — disse seriamente Anton Pávlovitch —, eu absolveria Denis.

— Baseado em que motivo?

— Eu lhe diria: "Denis, você ainda não amadureceu para ser um criminoso consciente, vá e amadureça!"

O jurista riu, mas logo voltou a seu ar sério e solene, e continuou:

— Não, prezado Anton Pávlovitch, as questões levantadas pelo senhor só podem ser resolvidas em prol dos interesses da sociedade, cuja vida e cujos bens sou chamado a salvaguardar. Denis é um selvagem, sim, mas ele é um criminoso! A verdade é essa!

— Você gosta de gramofones? — perguntou Anton Pávlovitch de repente, em tom afável.

— Ah, sim! Muito! É uma invenção formidável! — replicou o jovem, com vivacidade.

— E eu detesto gramofones! — confessou tristemente Anton Pávlovitch.

— Por quê?

— Pois eles falam e cantam sem nada sentir. E tudo que sai deles é caricaturesco e morto... E, por acaso, não se ocupa de fotografia?

Verificou-se que o jurista era um apaixonado inveterado por fotografia; pôs-se a falar sobre o assunto com empolgação, perdendo todo o interesse pelo gramofone, apesar de sua semelhança com essa 'invenção formidável', que Tchékhov captou de modo tão sutil e justo. Mais uma vez, vi surgir do uniforme um homenzinho bastante divertido, que ainda se sentia na vida como um filhote de cão numa caçada.

Ao se despedir do jovem, Anton Pávlovitch disse, sorumbático:
— Pois bolhas como esse aí, sentados nas... cadeiras da Justiça, mandam no destino da gente.

E, depois de um silêncio, acrescentou:
— Os procuradores gostam muito de pescar de linhada. Acerinas, sobretudo!

Ele dominava a arte de achar e acentuar a vulgaridade em tudo, arte que é só das pessoas muito exigentes com a vida e que nasce do ardoroso desejo de que as pessoas sejam simples, bonitas, harmoniosas. A vulgaridade sempre encontrou nele um juiz rigoroso e implacável.

Alguém contava na sua presença que o editor de uma revista popular, homem que sempre divaga sobre a necessidade do amor e da caridade com as pessoas, ofendeu um funcionário de ferrovia sem motivo algum e que, em geral, é muito grosseiro no tratamento de seus subordinados.

— Mas é claro — disse Anton Pávlovitch com um sorriso torvo —, pois ele é aristocrata, instruído... estudou num seminário! Seu pai andava de lápti[2], enquanto ele usa botinas de verniz...

No tom dessas palavras havia algo que logo transformou o 'aristocrata' numa nulidade ridícula.

— Um homem muito talentoso! — falava ele sobre um jornalista. — Escreve sempre de uma forma tão nobre, humana... feito limonada. Xinga sua mulher de idiota na frente dos outros. O quarto de empregada é úmido, e suas arrumadeiras sempre acabam tendo reumatismo...

— Anton Pávlovitch, o senhor gosta de N. N.?
— Sim... muito. É um homem simpático — tossindo, concorda Anton Pávlovitch. — Sabe de tudo. Lê muito. Apossou-se de três

---

2. Sapatos típicos de palha utilizados por mujiques durante o czarismo. (N. de T.)

livros meus. É distraído; hoje ele diz que você é uma pessoa maravilhosa e amanhã contará a alguém que você roubou meias pretas de seda com listras azuis do marido de sua amante...

Alguém, em sua presença, reclamou do tédio e do peso das seções 'sérias' das revistas.

— É só não ler esses artigos — aconselhou convictamente Anton Pávlovitch. — Pois isso é uma literatura 'de grupinho'... literatura entre amigos. Ela é feita pelos senhores Fulano, Beltrano e Sicrano. Um escreve, outro faz objeções e o terceiro reconcilia as contradições dos dois primeiros. Parece que estão jogando *vint* com um palerma. Mas para que o leitor precisa de tudo isso, nenhum deles se pergunta.

Um dia apareceu em sua casa uma senhora bem fornida, sadia, bonita, lindamente vestida e começou a falar' à moda de Tchékhov':

— A vida é um tédio, Anton Pávlovitch! Tudo é tão cinzento: as pessoas, o céu, o mar, até as flores me parecem cinzentas. E não tenho desejos, a alma está numa angústia. Como se fosse uma doença.

— Isto é uma doença — disse com firmeza Anton Pávlovitch. — É uma doença. Em latim, ela se chama *morbus fingiris.*

Pelo jeito, a dama não sabia latim, para sorte dela, ou quem sabe fingiu não saber, ou escondeu que conhecia.

— Os críticos se parecem com os moscardos, que atrapalham o cavalo que ara a terra — dizia ele com seu sorriso inteligente. O cavalo trabalha, todos os seus músculos estão tensos como as cordas de um contrabaixo e, de repente, uma mosca pousa em sua garupa, zumbe, faz cócegas. É preciso se sacudir, abanar o rabo. Por que ela zumbe? Dificilmente ela mesma entende. Simplesmente tem um caráter agitado e a vontade de anunciar ao mundo: "Vejam, eu também existo aqui na Terra! Até sei zumbir sobre qualquer coisa". Faz vinte e cinco anos que eu leio críticas dos meus contos e não me lembro de nenhuma recomendação válida. Impressionou-me somente uma vez Skabitchévski; ele havia escrito que eu morreria na sarjeta em estado de embriaguez...

Em seus tristes olhos acinzentados quase sempre cintilava suavemente um fino deboche, mas, às vezes, esses olhos tornavam-se frios, penetrantes, fitos. Nesses momentos, sua voz macia e cordial soava mais firme e, então, dava-me a impressão de que este homem delicado e dócil seria capaz, quando achasse necessário, de se levantar contra uma força hostil com toda a força e firmeza, e não ceder a ela.

Em outras ocasiões, parecia-me que, em suas relações com as pessoas, havia um sentimento qualquer de desesperança, próximo a um desespero frio, silencioso.

— O homem russo é uma criatura estranha! — disse ele, uma vez. — Nele, nada fica retido, como numa peneira. Quando jovem, enche avidamente a alma com tudo o que aparece pela frente, e depois de completar trinta anos, só lhe restam uns trastes cinzentos. Para viver bem, com humanidade, é preciso trabalhar! Trabalhar com amor, com fé. E nós não sabemos fazer isso. O arquiteto, depois de ter construído dois ou três prédios decentes, senta-se para jogar baralho e fica jogando a vida toda, ou passa todo o seu tempo nos bastidores teatrais. O médico que clinica deixa de acompanhar os estudos científicos e não lê nada além do *Novosti Terapíi*[3] e, aos quarenta, está seriamente convencido de que a origem de todas as doenças é o resfriado. Não encontrei um funcionário sequer que entendesse, ao menos um pouco, o significado do seu trabalho; geralmente ele fica na capital ou na cidade principal de alguma província, arranja a papelada e a manda a uma Zmiev ou uma Smorgon[4] para ser posta em execução. E o funcionário pensa naquele que será privado da liberdade de ação por causa dessa papelada nessas Zmiev ou Smorgon tanto quanto um ateu nos martírios do inferno. Após ter feito fama com uma defesa bem-sucedida, o advogado não se preocupa mais em defender a verdade,

---

3. Novidades em Terapia. (N. de T.)
4. Pequenas cidades provincianas. (N. de T.)

mas apenas o direito à propriedade, aposta em cavalos, saboreia ostras e se faz de fino conhecedor de todas as artes. O ator, depois de ter desempenhado sofrivelmente dois ou três papéis, já não decora mais papéis, põe uma cartola na cabeça e se acha um gênio. A Rússia inteira é um país de homens ávidos e preguiçosos, que comem horrores, bebem, gostam de cochilar à tarde e roncam ao dormir. Casam-se para manter ordem em casa e arranjam amantes para ter prestígio na sociedade. Eles têm psicologia canina, quando batem neles, ficam ganindo baixinho e escondem-se em suas casinhas, e quando lhes acariciam, deitam de costas, levantam as patinhas e abanam os rabinhos...

Soava um triste e frio desprezo nessas palavras. E, mesmo desprezando, ele sentia pena, e se acontecia de alguém ser censurado em sua presença, Anton Pávlovitch intercedia imediatamente:

— Por que isso? Pois ele é um velho, já tem setenta anos...

Ou:

— Ele é jovem ainda, foi tolice...

E, quando ele falava isso, eu não notava em seu rosto nenhuma expressão de asco.

Na juventude, a vulgaridade parece apenas divertida e insignificante, mas aos poucos ela cerca a pessoa, e com uma névoa cinzenta impregna seu cérebro e seu sangue, como um veneno ou gás tóxico, e o homem torna-se parecido com uma placa de metal velha carcomida pela ferrugem; como se fosse algo representado nela, mas o que é? Não dá para distinguir.

Já nos primeiros contos, Anton Tchékhov soube descobrir no embaciado mar da vulgaridade seus truques tragicamente sombrios: basta ler atentamente seus contos 'humorísticos' para verificar quantas coisas cruéis e repugnantes via com aflição, e com pudor ele ocultava por trás das palavras e de situações engraçadas.

Ele era de uma modéstia casta e não se permitia dizer às pessoas alto e bom tom: "Afinal, sejam mais... honestas!", esperando em vão que elas atinassem a necessidade premente de serem honestas. Odiando tudo o que era vulgar e sujo, ele descrevia as torpezas da vida com a nobre linguagem de poeta, com leve riso de humorista, e, por trás da bela aparência de seus contos, não é muito perceptível seu sentido latente, cheio de censuras amargas.

O mui respeitável público, lendo o conto "A filha de Albion", ri e dificilmente vê nesse conto o escárnio mais vil ao qual é submetida uma pessoa solitária, estranha a tudo e a todos por parte de um *senhor* bem de vida. Em todos os contos humorísticos de Anton Tchékhov, escuto o silencioso e profundo suspiro de um coração puro, verdadeiramente humano, um suspiro de desespero e de compaixão pelas pessoas, que não sabem respeitar sua própria dignidade humana e se submetem sem resistência a uma força ordinária, vivem como escravos, não acreditam em nada, além da necessidade de cada dia sorver uma sopa de repolho, quanto mais grossa melhor, e não sentem nada além do medo de que alguém forte e insolente bata neles.

Ninguém como Anton Tchékhov entendia tão fina e claramente o lado trágico das pequenas coisas da vida, ninguém antes dele soube, com tanta veracidade cruel, pintar às pessoas o quadro aviltante e triste de sua existência no embaciado caos da rotina pequeno-burguesa.

O inimigo dele foi a vulgaridade; durante a vida toda lutou contra ela, caçoou dela, retratou com sua pena afiada e impassível, sabendo encontrar o bolor da vulgaridade mesmo onde, à primeira vista, tudo parecia muito bem-feito, favorável e até brilhante. E a vulgaridade vingou-se dele com um golpe sujo, colocando o caixão – o caixão do falecido escritor – num vagão para transportar 'ostras'.

A mancha verde-suja desse vagão parece-me ser justamente o enorme sorriso da vulgaridade, triunfante sobre seu inimigo cansado, e as inúmeras 'recordações' dos jornais de rua – uma tristeza hipócrita atrás da qual sinto o sopro frio de toda essa vulgaridade, contente, no íntimo, com a morte de seu inimigo.

Lendo os contos de Tchékhov, sente-se como num melancólico dia de outono avançado, quando o ar é tão transparente que as árvores desfolhadas, as casinhas estreitas e as cinzentas figuras humanas ficam nitidamente delineadas. Tudo é tão estranho – solitário, imóvel e débil. Os profundos horizontes azuis estão desertos e, fundindo-se com um céu pálido, respiram o frio melancólico da terra, coberta de lama congelada. A mente do autor, como o sol outonal, ilumina com uma claridade cruel os caminhos triviais, as ruas tortuosas e as casinhas estreitas e sujas, onde se sufocam de tédio e de preguiça insignificantes e lastimáveis seres humanos, enchendo seus lares com um burburinho irrefletido e dormente. Eis que se esgueira cautelosamente, como um ratinho cinzento, "Queridinha", mulher adorável e dócil que, tão servil, sabe amar tanto. Pode-se bater na sua face que ela nem ousará gemer alto, uma serva dócil. Ao lado dela está a tristonha Olga de *As três irmãs*: ela também ama muito e, resignadamente, submete-se aos caprichos de sua vulgar e libertina cunhada, esposa de seu irmão-mandrião; diante de seus olhos, arruína-se a vida de suas irmãs, e ela chora, mas não pode ajudar ninguém e com nada, em seu peito não há uma só palavra viva e forte de protesto contra a vulgaridade.

Eis a lacrimosa Raniévskaia[5] e as outras antigas proprietárias do cerejal, egoístas feito crianças e frouxas como velhos. Elas perderam a hora de morrer e vivem se lamuriando, sem enxergar nem entender nada a sua volta, são parasitas que não têm mais forças para se agarrar à vida novamente. Trofímov, estudante reles, fala muito bonito sobre a necessidade de trabalhar, mas vive mandrian-

---

5. Protagonista de *O cerejal*, de Tchékhov. (N. de T.)

do e, por tédio, diverte-se zombando de Vária com tolices, que trabalha sem trégua para o bem-estar dos mandriões.

Verchínin sonha como será bela a vida dentro de trezentos anos e vive sem perceber que em torno dele tudo está em decomposição, que, diante de seus olhos, Solióni, por tédio e estupidez, está prestes a matar o pobre coitado do barão Tuzenbakh.

Passa diante de nós toda uma caravana de escravos e escravas de seu próprio amor, de sua tolice e preguiça, de sua avidez pelos bens da terra; passam os escravos de um sombrio temor perante a vida, sentindo uma vaga angústia e preenchendo sua existência com discursos sem nexo sobre o futuro, sentindo que no presente não há lugar para eles...

Às vezes, no meio dessa massa cinzenta ouve-se um tiro: Ivánov ou Trepliov atinaram o que deviam fazer e se mataram.

Muitos deles têm lindos sonhos sobre como será a vida dentro de duzentos anos, e não passa pela cabeça de nenhum deles uma simples pergunta: quem é que fará essa vida se tornar boa se nós mesmos continuarmos sonhando, apenas?

Diante dessa entediada e cinzenta multidão de criaturas débeis, passou um homem grande, inteligente e atento a tudo, olhou para esses entediados habitantes de sua pátria e, com um sorriso melancólico, em tom de uma censura delicada, mas profunda, com desesperada aflição no rosto e no coração, disse-lhes com sua voz bonita e sincera:

—Vocês vivem muito mal, senhores!

Já é o quinto dia que a febre se mantém alta, mas não me dá vontade de ficar deitado. A cinzenta chuva finlandesa respinga na terra uma poeira úmida. No forte de Inno, ressoam os canhões: estão 'regulando os tiros'. De noite, a língua comprida do farol lambe as nuvens, é um espetáculo horrível porque não deixa a gente esquecer dessa alucinação diabólica – a guerra.

Estava lendo Tchékhov. Se ele não tivesse morrido há dez anos, a guerra o teria matado, mas antes o envenenaria com o ódio aos homens. Lembrei-me de seu enterro.

O caixão do escritor, tão 'ternamente amado' pelos moscovitas, foi trazido num vagão verde com inscrição em letras grandes na porta: 'Para ostras'. Uma parte da multidão não muito grande que se reuniu na estação para receber o escritor acabou seguindo o caixão do general Keller, trazido da Manchúria, e estranhava muito que a orquestra tocasse música militar no enterro de Tchékhov. Quando o engano foi esclarecido, algumas pessoas alegres começaram a dar risinhos e gargalhar. O caixão de Tchékhov foi acompanhado por umas cem pessoas, não mais; lembro-me bem de dois advogados, ambos de botinas novas e gravatas estampadas – perfeitos noivos. Seguindo-os, ouvi que um deles, V. A. Maklákov, falava da inteligência dos cães; o outro, desconhecido, gabava-se do conforto de sua datcha e da beleza da paisagem das redondezas. E uma senhora de vestido lilás, com uma sombrinha de rendas aberta, convencia um velho de óculos com armação de chifre:

— Ah, ele era muito simpático e tão espirituoso...

O velho pigarreava com ar desconfiado. Era um dia quente e empoeirado. À frente do cortejo fúnebre ia de maneira majestosa um gordo chefe do posto policial, montado num gordo cavalo branco. Tudo isso e muito mais era cruelmente vulgar e incompatível com a memória de um grande e fino artista.

Numa de suas cartas ao velho A. S. Suvórin, Tchékhov disse:

"Não há nada mais entediante e antipoético, digamos assim, do que a prosaica luta pela sobrevivência tirando toda a alegria de viver e levando à apatia."

Essas palavras exprimem um estado de espírito muito russo, em geral, mas não próprio de Anton Pávlovitch, na minha opinião. Na Rússia, onde tem de tudo em abundância, mas não há amor pelo trabalho dentro das pessoas, assim pensa a maioria. O russo admira a energia, mas tem pouca fé nela. É impossível haver na Rússia um escritor de espírito ativo, como Jack London, por exemplo. Embora os livros de London sejam lidos com gosto por nós, não vejo que eles estimulem o homem russo à ação, somente incitam sua imaginação. Mas Tchékhov não é muito russo nesse sentido. Para ele, ainda na mocidade, a 'luta pela sobrevivência' desdobrava-se em uma forma nada atraente e descolorada de pequenas preocupações com o pão de cada dia, e não apenas para si, portanto com um pão grande. A essas preocupações destituídas de alegrias ele dedicou todas as forças de sua juventude e é de admirar: como conseguiu conservar seu senso de humor? A vida mostrava-se a ele apenas como um entediante desejo das pessoas por saciedade e sossego; os grandes dramas e tragédias da vida estavam escondidos dele por essa camada grossa da rotina. Somente quando se libertou um pouco dessa preocupação de ver seus próximos saciados é que seu olhar penetrou na essência desses dramas.

Não conheci ninguém que sentisse a importância do trabalho como a base da cultura, de modo tão profundo e sob todos os aspectos, como Anton Pávlovitch. Isso se manifestava em todas as miudezas da vida doméstica, na escolha de objetos e no amor nobre a esses objetos que, excluindo totalmente o desejo de acumulá-los, não se cansa de admirá-los como produto da criação do espírito humano. Gostava de construir coisas, cultivar jardins, embelezar a terra; ele sentia a poesia do trabalho. Com que preocupação comovente ele observava como cresciam em seu pomar as árvores frutíferas e os arbustos decorativos plantados por ele! Dizia, quando cuidava dos afazeres da construção de sua casa em Autka[6]:

---

6. Lugarejo próximo à cidade de Ialta, atualmente faz parte dessa cidade. (N. de T.)

— Se cada pessoa fizesse o máximo possível no seu terreninho, como seria bela a nossa Terra!

Ao começar a escrever a peça *Vásska Busláiev*, li para ele a fanfarreada de Vásska:

> Ah, tivesse eu muito mais forças,
> Com um sopro quente derreteria as neves,
> E iria ao redor do mundo, arando a terra,
> Passaria minha vida construindo cidades,
> Erguendo templos, plantando pomares!
> Deixaria a Terra linda como uma moça
> Abraçá-la-ia como minha noiva
> Levantá-la-ia no meu peito
> E levá-la-ia para o Senhor:
> Olha, meu Senhor, como é a Terra,
> Quão ataviada foi por Vásska!
> Tu a jogaste nos céus como uma pedra,
> Eu fiz dela uma esmeralda!
> Olha, meu Senhor, e Te alegras
> Com seu verde resplendor à luz do Sol.
> Dar-Te-ia a Terra de presente,
> Só que ela é muito cara para mim!

Tchékhov gostou muito desse monólogo e, tossindo emocionado, disse-nos, a mim e ao doutor A. N. Aliéksin:

— É bom... muito verdadeiro e humano! É justamente nisso que está 'o sentido de toda a filosofia'. O homem fez a Terra ser habitável e fará ser aconchegante para si. — E, com um aceno obstinado da cabeça, repetiu: — Fará!

Pediu para que eu lesse a fanfarrice de Vásska mais uma vez, ouviu-a, olhando pela janela, e aconselhou:

— As duas últimas linhas – não precisa, é uma travessura. É demais...

A respeito de sua obra literária Tchékhov falava pouco, a contragosto, de modo casto, pode-se dizer, talvez com a mesma reserva que falava sobre Tolstói. Raramente, numa hora de alegria, sorrindo, contava algum enredo, sempre humorístico:

— Sabe, vou escrever sobre uma professora, que é ateísta, adora Darwin, convicta de que é preciso combater os preconceitos e as superstições do povo, mas ela mesma cozinha no fogão à lenha, sob o caldeirão para banho, um gato preto à meia-noite, para tirar dele o 'arco', aquele ossinho de peito que atrai o homem, suscitando o amor nele, e tal ossinho existe mesmo...

Referia-se a suas peças como 'alegres' e parecia acreditar sinceramente que escrevia 'peças alegres'. Provavelmente, por tê-lo ouvido dizer isso, Savva Morózov insistia, obstinado, que "as peças de Tchékhov devem ser encenadas como comédias líricas".

Mas, em geral, ele tinha uma relação atenta e muito perscrutadora no que diz respeito à literatura, especialmente comovente quanto a 'escritores principiantes'. Com uma paciência surpreendente ele lia os volumosos manuscritos de B. Lazariévski, N. Oliguer e de muitos outros.

— Precisamos de mais escritores — dizia ele. — A literatura em nossa vida cotidiana ainda é uma novidade e só 'para a elite'. Na Noruega, há um escritor para cada duzentos e vinte e seis habitantes, e nós temos um para um milhão...

A enfermidade provocava nele estados de hipocondria e até de misantropia. Nesses dias, ele era caprichoso em seus julgamentos e difícil no relacionamento com as pessoas.

Certa vez, deitado no sofá, tossindo seco e girando o termômetro na mão, ele disse:

— Viver para morrer já não é nada divertido, mas viver sabendo que vai morrer antes da hora é uma tolice total...

Em outra ocasião, sentado perto da janela aberta e olhando longe para o mar disse inesperadamente, em tom zangado:

— Nós nos acostumamos a viver na esperança de bom tempo, de boa colheita, de um namoro agradável, na esperança de ficar rico ou de ganhar o cargo de chefe de polícia, mas eu não noto que pessoas alimentem a esperança de se tornarem mais inteligentes. Achamos que com o novo czar tudo será melhor e, dentro de duzentos anos, melhor ainda, mas ninguém faz nada para que esse 'melhor' chegue amanhã. Em geral, cada dia a vida torna-se mais difícil e move-se sozinha, não se sabe para onde; as pessoas se atoleimam visivelmente, e cada vez mais gente fica alheia à vida.

Pensou, franziu a testa e acrescentou:

— Como aleijões mendigos durante procissão religiosa.

Era médico, e a doença de um médico é sempre mais penosa do que a de seus pacientes; os pacientes sentem-na, apenas, mas o médico, além de sentir, sabe alguma coisa sobre como está se destruindo seu organismo. É um daqueles casos em que o conhecimento nos aproxima da morte.

Quando ele ria, seus olhos eram muito bons: afáveis como os de uma mulher, ternos e doces. Seu riso, quase silencioso, era particularmente agradável. Rindo, ele se regozijava, deliciava-se de verdade com o riso; não conheço ninguém que ria, digamos, tão 'espiritualmente'.

Piadas grosseiras não o faziam rir nunca.

Com esse riso simpático e cordial, ele me contou:

— Sabe por que Tolstói é tão instável com você? Ele tem ciúme, acha que Sulerjítski gosta mais de você do que dele. Sim, senhor. Ontem mesmo ele me disse:"Não consigo tratar Górki com sinceridade, nem eu mesmo sei por quê, mas não consigo. Desagrada-me até o fato de Súler morar na casa dele. Isso faz mal a Súler. Górki é uma pessoa má. Parece um seminarista que foi forçado a tomar o hábito, e com isso deixaram-no com raiva de tudo. Tem a alma de um informante que veio sei lá de onde a uma terra estranha para ele, a Canaã, e olha tudo atentamente, nota tudo e depois dá parte ao seu Deus. E seu Deus é um monstro – uma espécie de silvano ou de homem das águas, aqueles da mulherada camponesa".

Contando, Tchékhov ria até chorar e, enxugando os olhos, prosseguia:

— Eu lhe disse: "Górki é boa pessoa". E ele: "Não, não, eu sei. E ele tem um nariz de pato que só gente infeliz ou maldosa tem. E as mulheres não gostam dele, pois as mulheres, como os cães, têm faro para pessoas boas. Súler, por exemplo, esse sim possui, realmente, uma preciosa capacidade de amar pessoas desinteressadamente. Nisso ele é genial. Saber amar, significa saber fazer tudo..."

Ao recobrar o fôlego, Tchékhov repetiu:

— Sim, o velho está com ciúmes, que é surpreendente...

De Tolstói ele sempre falava com um sorriso peculiar nos olhos, quase imperceptível, terno e confuso, falava abaixando a voz, como de algo fantasmagórico, misterioso, que exige palavras ponderadas, suaves.

Lamentou várias vezes não estar perto de Tolstói um Eckermann, um homem que anotasse cuidadosamente os pensamentos espirituosos, inesperados e, às vezes, contraditórios do velho sábio.

— Você bem que poderia se ocupar disso — ele persuadia Sulerjítski. Tolstói gosta tanto de você, e com você ele conversa muito e tão bem...

Sobre Súler, Tchékhov me disse.

— Ele é uma criança sábia...

Muito bem falado.

Um dia, Tolstói expressou sua admiração por um conto de Tchekhov, parece-me que era "Queridinha", dizendo-me:

— É como uma renda feita por uma donzela casta; havia antigamente aquelas rendeiras solteironas que colocavam no desenho toda a sua vida, todos os seus sonhos de felicidade. Nos desenhos, elas sonhavam com o mais querido, entrelaçavam na renda todo o seu vago e puro amor. Tolstói falava isso muito emocionado, com lágrimas nos olhos.

E Tchékhov, que tinha febre alta e manchas vermelhas nas faces naquele dia, estava sentado de cabeça abaixada, limpando seu pincenê cuidadosamente. Ficou muito tempo calado, enfim suspirou e, confuso, disse a meia-voz:

— Tem erros de impressão nele...

Pode-se escrever muito sobre Tchékhov, só que é preciso escrever dele minuciosa e nitidamente, o que eu não sei fazer. Seria bom escrever sobre ele assim como ele escreveu "A estepe", um conto aromático, leve e tão russo em sua melancolia contemplativa. Um conto para si mesmo.

Faz bem se lembrar desse homem, pois na hora o ânimo volta a entrar em sua vida e ela ganha sentido e clareza.

O homem é o eixo do mundo.

E – dizem – os vícios – não seriam defeitos seus?

Todos nós somos famintos de amor ao homem e, quando se tem fome, mesmo um pão mal-assado alimenta e é gostoso.

Leonid Andrêiev

Na primavera de 1898, li no jornal moscovita *Courier* o conto "Bergamota e Garáska", um típico conto pascal. Destinado ao coração do leitor festivo, ele lembrou mais uma vez que o sentimento de generosidade, às vezes, em ocasiões especiais, é acessível ao homem, e que às vezes os inimigos podem tornar-se amigos, nem que seja por pouco tempo, digamos, por um dia.

Desde os tempos de *O capote*, de Gógol, é provável que os literatos russos tenham escrito algumas centenas ou mesmo milhares de contos propositadamente comoventes; perto das magníficas flores da autêntica literatura russa, são dentes-de-leão que servem pretensamente para adornar a miserável vida da enferma e endurecida alma russa[1].

Mas neste conto havia o sopro de um forte talento, algo nele me fez lembrar de Pomialóvski[2] e, além disso, sentia-se no tom do conto um sorrisinho inteligentezinho de desconfiança do autor sobre o próprio assunto: um sorriso que se conciliava facilmente com o inevitável e forçado sentimentalismo da literatura 'pascal' e 'natalina'.

Escrevi ao autor algumas linhas a respeito do conto e recebi de L. Andrêiev uma reposta engraçada: com uma caligrafia original, meio de forma, meio cursiva, escreveu palavras alegres e divertidas, entre as quais se destacou, sobretudo, um aforismo despretensioso, porém, cético: "É tão agradável para uma pessoa satisfeita ser generosa quanto tomar um cafezinho depois do almoço".

Com isso começou meu relacionamento epistolar com Leonid Nikoláievitch Andrêiev. No verão, li mais alguns de seus pequenos

---

1. É bem provável que na época eu não pensasse assim como escrevo agora, mas não acho interessante relembrar meus pensamentos antigos. (N. do A.)
2. Um dos pseudônimos com que Andrêiev assinava seus folhetins. (N. de T.)

contos, e folhetins de James Linch[3], vendo com que rapidez e audácia desenvolvia-se o talento original do novo escritor.

No outono, quando passei por Moscou viajando à Criméia, alguém na estação de Kursk apresentou-me L. Andrêiev. Vestido com um velho capote forrado de pele e um gorro de carneiro peludo à banda, ele lembrava um jovem ator de trupe ucraniana. Seu rosto bonito pareceu-me ter pouca vivacidade, mas o olhar fixo de seus olhos escuros iluminava-se com aquele sorriso que brilhava tão bem em seus contos e folhetins. Não me lembro de suas palavras, mas elas eram incomuns, e incomum era a construção de seu discurso animado. Ele falava apressado, com uma voz velada e ressoante, tossindo por causa do resfriado, atropelando um pouquinho suas palavras e fazendo o mesmo movimento com o braço, como se estivesse regendo uma orquestra. Pareceu-me uma pessoa sadia, de uma extraordinária alegria, capaz de viver rindo dos infortúnios da vida. Sua animação agradava.

— Sejamos amigos! — dizia ele, apertando a minha mão.

Também me senti animado e contente.

No inverno, voltando da Criméia a Níjni Nóvgorod, fiz uma parada em Moscou e lá nosso relacionamento rapidamente tomou um caráter de cordial amizade.

Vi que este homem conhecia mal a realidade e pouco se interessava por ela – tanto mais me surpreendia nele a força da intuição, a fecundidade da fantasia e a tenacidade da imaginação. Bastava uma frase ou, às vezes, apenas uma palavra certeira para que, captando o mínimo que lhe era oferecido, desenvolvesse na hora um quadro, uma piada, uma personagem ou uma história.

— Quem é esse S.? — pergunta ele sobre um literato, bem popular na época.

---

3. Um dos pseudônimos com que Andrêiev assinava seus folhetins. (N. de T.)

— É um tigre da loja de peles.

Ele ri e, baixando a voz, como se contasse um segredo, fala apressado:

— Sabe, é preciso descrever um homem convencido de que é um herói, um destruidor de tudo o que existe, terrível até para si mesmo. É isso! E todo mundo acredita-o, tão bem ele soube enganar a si mesmo. Mas lá, em seu cantinho, em sua realidade, é simplesmente uma nulidade deplorável, tem medo de sua mulher ou de gatos.

Enfiando palavras, uma atrás da outra, no eixo de seu pensamento flexível, criava com facilidade e alegria algo sempre inesperado e original.

A palma de sua mão fora atravessada por uma bala, e os dedos ficaram retorcidos. Perguntei-lhe como isso havia acontecido.

— Um equívoco do romantismo juvenil — respondeu ele. — Você mesmo sabe. O homem que não tentou se matar pouco vale.

Sentou-se no sofá, bem ao meu lado, e contou admiravelmente sobre um dia em que, sendo adolescente, atirara-se debaixo de um trem de carga, mas, por sorte, caiu ao longo dos trilhos e o trem passou por cima dele feito uma bala, deixando-o apenas aturdido.

Havia algo de obscuro, de irreal em sua narrativa, mas ele a adornou com uma impressionante e viva descrição da sensação da pessoa por cima da qual passa, com estrondo metálico, o peso de milhares de *puds*[4]. Eu a conheci também; ainda menino de uns dez anos, deitava sob o trem de carga, competindo com meus camaradas para ver quem era mais valente. Um deles, filho do agulheiro, fazia isso com um sangue-frio excepcional. É uma brincadeira quase sem risco, se a fornalha da locomotiva é bastante alta e se o

---

4. Medida russa antiga equivalente a 6,3 quilos. (N. de T.)

trem não desce a ladeira, mas sobe. Então os engates dos vagões ficam bem estendidos e não podem bater em você ou esbarrar e arrastá-lo pelos dormentes. Durante alguns segundos vive-se um sentimento terrível, a gente procura se agarrar o máximo ao solo. Sente-se uma torrente de ferro e de madeira, que passa voando em cima e arranca você do solo, querendo levá-lo sabe-se lá para onde, e o estrondo e o ranger do ferro ressoam em seus ossos. Depois que o trem passa, por um minuto ou mais você permanece deitado, sem forças para se levantar, e tem a sensação de estar flutuando atrás do trem, seu corpo vai se esticando infinitamente, crescendo, tornando-se leve, aéreo, mais um pouquinho e sairá voando sobre a terra. É muito agradável sentir isso.

— O que nos atraía nessas brincadeiras disparatadas? — perguntou L. N.

Disse-lhe que talvez testássemos a força de nossa vontade, contrapondo a imobilidade consciente do nosso insignificante corpo ao movimento mecânico de massas enormes.

— Não — objetou ele —, isso é complicado demais, criança não pensa assim.

Lembrando-lhe de que a meninada costuma sair correndo e ir se balançar na leve camada de gelo recém-formada sobre um açude ou uma enseada de um rio, disse que, em geral, as crianças gostam de brincadeiras perigosas.

Ele ficou calado, acendeu um cigarro de palha e, largando-o em seguida, semicerrou os olhos, fitando um canto escuro da sala.

— Não, não deve ser isso. Quase todas as crianças têm medo da escuridão... Alguém disse:

Pois há deleite no combate,
assim como à beira do abismo lúgubre

porém, são apenas palavrinhas bonitas, nada mais. Eu penso de uma maneira diferente, mas não consigo entender – como?

E, de repente, estremeceu todo, como se um fogo o queimasse por dentro.

— É preciso escrever um conto sobre um homem que a vida toda, sofrendo loucamente, procurava a verdade, e eis que ela apareceu na sua frente, mas ele fechou os olhos, tapou os ouvidos e disse: "Não te quero, mesmo que bela, pois minha vida, meus sofrimentos acenderam o ódio em minha alma por ti". O que acha?

Não gostei do assunto. Ele suspirou e disse:

— Sim, é preciso primeiro responder onde está a verdade: dentro do homem ou fora dele? A seu ver, está dentro do homem? — e riu. — Então a coisa é muito ruim, muito insignificante.

Quase não havia um fato, uma questão qualquer que nós dois víssemos da mesma maneira, porém, as inúmeras discordâncias não nos impediam de nos tratarmos, por anos a fio, com intenso interesse e atenção, o que nem sempre resulta de uma amizade de longa data. Nós não nos cansávamos de conversar, lembro-me de uma ocasião em que ficamos mais de vinte horas seguidas sentados, tomando vários samovares de chá – Leonid o consumia em quantidades incríveis.

Ele era um interlocutor muito interessante, incansável, espirituoso. Seu pensamento manifestava uma persistente propensão a penetrar nos recantos mais escuros da alma, mas sendo ela leve e caprichosamente individual, fundia-se livremente em formas de humor grotesco. Numa conversa de camaradas, ele sabia usar o humor de uma maneira fina e bonita, mas em contos, infelizmente, perdia essa capacidade rara para um russo.

De imaginação viva e sensível, era preguiçoso: gostava muito mais de falar sobre a literatura do que fazê-la. Era-lhe quase inalcançável o deleite do devotado trabalho no silêncio e na solidão da noite sobre uma folha de papel em branco, pura. Não sabia dar valor à alegria de cobrir essa folha com um desenho de palavras.

— Escrevo com dificuldade — confessava ele. — As penas parecem-me incômodas; o processo de escrever, muito lento e até humilhante. Meus pensamentos agitam-se sem sentido, como gralhas durante o incêndio, canso-me rapidamente de pegá-los e colocá-los numa ordem devida. E acontece assim: escrevo *teia de aranha* e, de repente, não sei por quê, vem à memória a álgebra, a geometria, o professor do colégio de Orel, um homem obtuso, naturalmente. Recordava com freqüência as palavras de um filósofo: "A verdadeira sabedoria é tranqüila". Mas eu sei que os melhores homens do mundo são tremendamente aflitos. Pro diabo com a sabedoria tranqüila! E o que pôr em seu lugar? A beleza? Viva! Porém, embora não tenha visto a Vênus original, nas imagens ela me parece simplesmente uma mulher tola. Em geral, o bonito é sempre um tanto tolo, como, por exemplo, o pavão, o galgo, a mulher.

Podia-se pensar que ele, indiferente aos fatos da realidade, cético em relação à razão e à vontade do homem, não deveria se entusiasmar pela didática, pelo ensino, inevitáveis para quem conhece a realidade e conhece muitíssimo bem. No entanto, já nossas primeiras conversas mostraram claramente que este homem, dotado de todas as qualidades de um excelente artista, queria assumir ares de pensador e filósofo. Isso me parecia perigoso, quase inútil, principalmente porque sua bagagem de conhecimentos era estranhamente pobre. E sempre era possível perceber que ao seu lado ele sentia a presença de um inimigo invisível – discutia tensamente com alguém, querendo vencê-lo.

L. N. não gostava de ler e, sendo ele mesmo fazedor de livros e criador de milagres, tinha desconfiança e menosprezo pelos livros antigos.

— Para você, o livro é um fetiche, como para os selvagens — dizia-me ele. — É porque você não ralava os fundilhos num banco de colégio, não chegou a resvalar a ciência universitária. E, para mim, a *Ilíada*, Púchkin e todo o resto foi lambuzado, babado pelos professores, prostituído pelos funcionários que sofrem de hemorróidas. "A desgraça de ser inteligente" – é tão enfadonho quanto o caderno de atividades de matemática de Ievtuchévski. "A filha do capitão" cansou-me como uma senhorita fidalga do bulevar Tverskói.

Ouvi com bastante freqüência as costumeiras palavras sobre a influência da escola nas atitudes em relação à literatura, e já fazia tempo que elas me soavam pouco convincentes; sentia-se nelas o preconceito gerado pela preguiça russa. De uma maneira muito mais individual, L. Andrêiev descrevia como as resenhas e os ensaios críticos dos jornais esmagavam e prejudicavam os livros, falando deles com uma linguagem de crônica policial.

— São uns moinhos, eles trituram Shakespeare, a Bíblia, tudo o que quiserem, em poeira da vulgaridade. Certa vez, lia um artigo de jornal sobre Dom Quixote e, de repente, percebi com horror que Dom Quixote era um velhinho, conhecido meu, administrador da Câmara do Fisco[5], tinha coriza crônica e uma amante – menina da confeitaria que ele chamava de Milli e, na realidade, era chamada nos bulevares de Sônika[6] Bolha...

Mas sendo negligente e despreocupado, às vezes até hostil com o conhecimento e os livros, sempre teve vivo interesse em saber o que eu lia. Um dia, ao ver no meu quarto do Hotel Moscovita o livro de Aleksei Ostroúmov sobre Sinésio, bispo de Ptolemaida, perguntou surpreso:

— Para que você precisa disso?

---

5. Órgão do governo da província que cuida do tesouro público (até 1917). (N. de T.)
6. Depreciativo de Sófia. (N. de T.)

Contei-lhe do estranho bispo semipagão e li algumas linhas de seu "Elogio à calvície". "O que pode ser mais calvo, mais divino do que a esfera?"

Essa exclamação patética do descendente de Hércules provocou em Leonid um acesso de riso louco, mas logo, enxugando as lágrimas e sorrindo, ele disse:

— Sabe, é um excelente assunto para um conto sobre um descrente que, querendo pôr à prova a burrice dos crentes, usa a máscara de santidade, vive como um asceta, prega um novo ensinamento sobre Deus, muito tolo, ganha amor e veneração de milhares de pessoas e depois diz a seus discípulos e seguidores: "Tudo isso é uma tolice". Mas a fé para eles é indispensável, e eles o matam.

Fiquei abismado com suas palavras; o caso é que há em Sinésio a mesma idéia: "Se me dissessem que o bispo deve compartilhar das opiniões do povo, eu revelaria, na frente de todos, quem sou eu. Pois o que a plebe e a filosofia podem ter em comum? A verdade divina deve permanecer oculta, quanto ao povo, sua necessidade é outra".

Só que na hora não revelei a Andrêiev esta idéia e não tive tempo de lhe explicar a posição insólita do filósofo-pagão não batizado no papel de bispo da igreja cristã. E quando cheguei a contar-lhe isso, ele exclamou com um sorriso triunfante:

— Está vendo, nem sempre é preciso ler para saber e entender.

Leonid Nikoláievitch era talentoso por natureza, talentoso nato, sua intuição era surpreendentemente aguçada. Em tudo relacionado aos aspectos obscuros da vida – as contradições na alma do homem – a efervescência dos instintos, ele era tremendamente sagaz. O exemplo com o bispo Sinésio não é o único, posso citar dezenas de casos semelhantes.

Assim, conversando com ele sobre os que procuram uma fé inabalável, contei-lhe, em resumo, a "Confissão", manuscrito do sacerdote Appólov, uma das obras dos mártires anônimos do pensamento que deram vida à "Confissão" de Liev Tolstói. Contei-lhe as conclusões que tirei observando os dogmas das pessoas: freqüentemente se tornam prisioneiros voluntários de uma fé cega e rigorosa, e quanto mais defendem sua veracidade na prática, mais cruéis são suas dúvidas sobre ela.

Andrêiev ficou pensativo, mexendo lentamente com a colherinha seu chá no copo, depois disse, com uma risadinha:

— Para mim é estranho você entender dessas coisas; você fala como um ateu e pensa como os crentes. Se você morrer antes de mim, escreverei na lápide de seu túmulo: "Exortando a venerar a razão, ele zombava em segredo da impotência dela".

E, passados uns dois ou três minutos, encostando seu ombro no meu e fitando-me com seus olhos escuros de pupilas dilatadas, disse, a meia voz:

— Escreverei sobre o padre, você verá! Isso, meu caro, eu escreverei bem!

E com o dedo em riste, esfregando a têmpora com força, sorria.

— Amanhã vou para casa e começo! Já tenho até a primeira frase: "No meio das pessoas ele era solitário, pois tinha contato com um grande mistério..."

No dia seguinte, ele foi a Moscou e, dentro de uma semana, não mais, escreveu-me que trabalhava sobre o padre, que o trabalho andava com facilidade, como 'de esquis'. Assim, ele sempre pegava no ar, pegava tudo o que correspondesse à necessidade de seu espírito, no contato com os mistérios mais agudos e cruéis da vida.

O ruidoso sucesso de seu primeiro livro encheu-o de felicidade juvenil. Veio me ver em Níjni todo alegre, com um terno novinho, cor de tabaco, a camisa engomada, enfeitada por uma gravata infernal de tão colorida, e, nos pés, botinas amarelas.

— Procurava luvas, cor de palha, mas uma *lady* em uma loja da Kuzniétski[7] disse-me, para meu espanto, que a cor de palha está fora de moda. Desconfio que ela tenha mentido, provavelmente preza muito a liberdade de seu coração e temeu se certificar do quão irresistível eu ficaria com as luvas cor de palha. Mas vou lhe dizer em segredo que todo esse esplendor é incômodo, e andar de camisa é muito melhor.

De repente, abraçando-me pelos ombros, disse:

— Sabe, tenho vontade de escrever um hino, ainda não sei a quem ou a quê, mas exatamente um hino! Algo como Schiller, que tal? Bem grave, sonoro... bum!

Fiz um gracejo.

— Que importa! — exclamou ele alegremente. — No Eclesiastes tem uma frase justa: "Mesmo uma vida ruim é melhor do que uma boa morte". Se bem que lá não é assim, ah, é sobre o leão e o cão: "Um cão vivo vale mais do que um leão morto". Você acha que Jó leu o Eclesiastes?

Inebriado com o vinho da alegria, ele sonhava fazer uma viagem pelo rio Volga num bom vapor, outra a pé pela Criméia.

— E vou arrastar você também, senão, vai se enclaustrar definitivamente nesses tijolos — dizia-me ele, apontando para os livros.

Sua alegria lembrava uma criança animada com seu bem-estar, depois de passar fome durante muito tempo, achando que agora estaria satisfeita para sempre.

Estávamos sentados num largo sofá do meu pequeno quarto, tomando vinho tinto, Andrêiev pegou um caderno de poesias da prateleira:

— Posso?

E começou a ler em voz alta:

As colunas de pinhos de cobre
E o monótono zumbido do mar.

---

7. Trata-se de avenida sofisticada. (N. de T.)

— É a Criméia? Mas eu não sei fazer versos, e também não tenho vontade. Gosto mais é das baladas e em geral

> Gosto de tudo que é novo,
> romântico e sem sentido
> como um poeta de outrora.

— Isso cantam numa opereta de *"A ilha verde"*, parece.

> E suspiram as árvores,
> como versos sem rima.

— Disso eu gosto. Mas diga, por que você faz versos? Isso não combina nada com você. Pois versos são coisas artificiais, concorde ou não.

Depois nós fizemos uma paródia de Skitálets:

> Pegarei uma grande acha
> Com minha potente mão
> Baterei em sua família
> Até a sétima geração!
> E mais abismados ainda
> a todos vocês deixarei:
> Tremam! Em suas cabeças
> O monte Kasbek jogarei
> E por cima o monte Ararat
> Com muito prazer, hurrá!

Ele ria às gargalhadas, inventando sem parar tolices simpáticas e engraçadas, mas, de repente, inclinou-se para mim com o copo de vinho na mão e falou baixo, em tom sério:

— Li recentemente uma anedota engraçada: numa cidade inglesa há um monumento a Robert Burns, o poeta. Não havia inscrição indicando a quem fora erguido o monumento. Perto do pedestal, um menino vendia jornais. Aproximou-se dele um escritor e disse: "Eu compro um jornal de você, se me disser quem essa estátua representa". "Robert Burns", respondeu o menino. "Perfeito! Agora comprarei todos os seus jornais, mas antes me diga: por que ergueram um monumento a Robert Burns?" O menino respondeu: "Porque ele morreu". Que tal? Gostou?

Não gostei nada e sempre me preocuparam muito essas rápidas e bruscas oscilações de humor de Leonid.

A fama para ele não era apenas um "remendo vistoso nos andrajos decrépitos do aedo", ele a queria muito e avidamente, sem esconder isso. Contava-me:

— Ainda com quatorze anos de idade, prometi a mim mesmo que seria famoso, ou não valia a pena viver. E não tenho medo de lhe dizer que tudo o que foi feito antes de mim não me parece melhor do que sou capaz de fazer. Se considerar minhas palavras uma presunção, estará enganado. Pois veja, isso deve ser a convicção básica de qualquer um que não quer se colocar nas fileiras de milhões de pessoas sem personalidade. Justamente a convicção de sua exclusividade deve e pode ser a fonte da força criadora. Comecemos por dizer a nós mesmos: somos iguais a todo mundo, depois já será fácil provar isso aos outros.

— Numa palavra, você é um bebê que não quer ser amamentado pelo seio de sua ama.

— Exatamente. Quero somente o leite de minha alma. O homem precisa que o cerquem de amor e de cuidados, ou que tenham medo dele. Isso até os mujiques compreendem e usam máscaras de bruxos. Os mais felizes são aqueles que são amados com temor, como foi amado Napoleão.

—Você leu suas anotações[8]?
— Não. Eu não preciso disso.
Ele deu uma piscadela sorrindo.
— Eu também tenho meu diário e sei como ele é feito. Anotações, confissões e coisas assim são evacuações da alma, intoxicada por alimentos ruins.

Ele gostava de máximas desse gênero, e, quando tinha sucesso, não escondia sua alegria. Apesar de sua propensão ao pessimismo, estava arraigado nele algo infantil como, por exemplo, a vaidade ingênua e pueril com sua habilidade verbal, que ele usava muito melhor numa conversa do que no papel.

Um dia contei-lhe sobre uma mulher que se orgulhava de sua vida 'honesta' a tal ponto, e preocupava-se tanto em convencer a todos de sua inacessibilidade, que as pessoas de seu círculo morriam de tédio ou fugiam com toda pressa desse modelo de virtude, e odiavam-na até a morte.

Andrêiev ouviu, riu e, de repente, disse:
— Sou uma mulher honesta e não preciso limpar as unhas, não é isso?

Com essas palavras, ele definiu quase com precisão o caráter e os hábitos da pessoa de quem lhe falei: a mulher era desleixada consigo mesma. Disse-lhe isso, e ele ficou muito alegre e começou a se vangloriar com uma sinceridade infantil.

— Eu mesmo fico surpreso, às vezes, meu caro, com que astúcia e precisão sei captar em duas ou três palavras a essência de um fato ou de um caráter.

E pronunciou um longo discurso em seu próprio louvor. Porém, sendo inteligentíssimo, percebeu que isso era um pouco ridículo e concluiu a tirada com uma careta engraçada.

— Com o tempo, desenvolverei tanto minhas capacidades geniais que com uma palavra vou definir o sentido de toda a vida de um homem, de uma nação, de uma época...

---

8. Trata-se de *Memorial de Santa Helena*, publicado em 1823 por Emmanuel Las Cases. (N. de T.)

E, apesar disso, seu senso crítico em relação a si mesmo não era bem desenvolvido, o que, em alguns momentos, prejudicava muito seu trabalho e sua vida.

Acho que em cada um de nós vivem e lutam entre si embriões de várias personalidades; eles se rivalizam enquanto nessa luta não se desenvolver o embrião mais forte, ou mais capaz de se adaptar às diferentes pressões das impressões que formam a figura moral definitiva do homem, criando uma individualidade psíquica mais ou menos íntegra.

Leonid Nikoláievitch dividia-se em dois de maneira estranhamente brusca e torturante para ele: na mesma semana ele podia cantar 'Hosana!' ao mundo e proclamar-lhe 'Anátema!'.

Isso não era uma manifestação externa da contradição entre os princípios de sua índole e os hábitos ou as exigências da profissão; não, em ambos os casos seus sentimentos eram igualmente sinceros. E, quanto mais alto ele cantava 'Hosana!', mais forte ecoava 'Anátema!'.

Ele dizia:

— Detesto os sujeitos que não andam pelo lado ensolarado da rua com medo de bronzear o rosto ou descolorir o casaco, detesto todos que, por motivos dogmáticos, coíbem o jogo livre e caprichoso de seu interno 'eu'.

Um dia, escreveu um folhetim bastante mordaz sobre essas pessoas que andam pela sombra e, logo em seguida, a respeito da morte de Émile Zola por intoxicação com óxido de carbono, polemizando muito bem o ascetismo bárbaro da intelectualidade, bastante comum naquela época. Mas, conversando comigo sobre essa polêmica, confessou inesperadamente:

— Sabe, apesar disso devo reconhecer que o meu interlocutor é mais coerente do que eu: o escritor deve viver como um vagabundo. O iate de Maupassant é um contra-senso!

Ele não estava brincando. Nós discutimos; eu afirmava: quanto mais variadas são as necessidades do homem, mais ávido é das alegrias da vida, mesmo pequenas, tanto mais rápido se desenvolve a cultura de seu corpo e espírito. Ele objetava: não, quem tinha razão era Tolstói, a cultura é lixo, ela apenas deturpa o livre crescimento da alma.

— O apego aos objetos — dizia ele — é fetichismo dos selvagens, idolatria. Não crie ídolos, caso contrário você vira uma porcaria, esta é a verdade! Escreva um livro hoje; amanhã, faça uma máquina; ontem você fez uma bota e já se esqueceu dela. Precisamos aprender a esquecer.

E eu lhe falava: é preciso lembrar que cada objeto é a personificação do espírito humano, e seu valor intrínseco, com freqüência, é mais significativo do que o homem.

— Isso é adoração da matéria morta! — gritava ele.

— Nela está personificado o pensamento imortal.

— O que é o pensamento? Ele é hipócrita e detestável pela sua impotência...

Nossas discussões tornavam-se cada vez mais freqüentes e mais tensas. O ponto mais agudo de nossas divergências era a atitude em relação ao pensamento.

Para mim, o pensamento é a fonte do que existe, do pensamento nasceu tudo o que é visto e sentido pelo homem; mesmo consciente de sua impotência na solução das "questões eternas", o pensamento é grandioso e nobre.

Sinto-me viver numa atmosfera do pensamento e, vendo quantas coisas grandiosas foram criadas por ele, creio que sua impotência seja passageira. Talvez eu romantize e exagere a força criadora do pensamento, mas isso é tão natural na Rússia, país de sensualidade pagã, monstruosamente cruel, onde não existe a síntese espiritual.

Para Leonid Nikoláievitch, o pensamento era uma "peça que o diabo pregou no homem", parecia-lhe falso e hostil. Arrebatando o homem a abismos de mistérios inexplicáveis, o pensamento engana-o, deixando-o numa solidão torturante e impotente diante desses mistérios, enquanto ele mesmo se extingue.

Da mesma forma irreconciliável, divergíamos em nosso ponto de vista a respeito do homem, a fonte do pensamento, seu crisol. Para mim, o vencedor é sempre o homem, mesmo mortalmente ferido, moribundo. É bela sua aspiração ao conhecimento da natureza, de si próprio; e, embora sua vida seja torturante, ele amplia mais e mais os limites dela, criando com seu pensamento uma ciência sábia e uma arte maravilhosa. Eu sinto que realmente tenho um amor sincero pelo homem, tanto aquele que vive e atua ao meu lado agora quanto aquele homem inteligente, generoso e forte, que aparecerá no futuro. Aos olhos de Andrêiev, o homem é espiritualmente pobre, trançado de contradições irreconciliáveis entre o instinto e o intelecto, privado para sempre da possibilidade de chegar a alguma harmonia interior. Tudo o que ele faz é 'vaidade das vaidades', perecível, ilusório. E o principal: ele é escravo da morte e passa a vida toda acorrentado a ela.

É muito difícil falar sobre uma pessoa que você sente bem. Isso soa como um paradoxo, mas é verdade: quando você sente, e um frêmito misterioso da chama do alheio 'eu' o emociona, dá medo de tocar com uma palavra torta e pesada os invisíveis raios da alma que lhe é querida, medo de dizer algo errado ou de maneira errada, receio de não saber transmitir o que se sente, o que a palavra mal pode exprimir, e falta a ousadia de confinar numa linguagem acanhada aquilo que não é seu, mas que é de importância geral e humanamente valioso.

É muito mais fácil e mais simples contar sobre aquilo que não é sentido com bastante clareza; nesses casos, pode-se acrescentar muitas coisas e tudo o que se quiser.

Creio que sentia bem L. N. Andrêiev: ou, falando mais concretamente, eu via que ele enveredava pela beira do abismo sobre um tremedal de demência, sobre um precipício, que, ao ser olhado, extingue a vista da razão.

Grande era a força de sua imaginação, porém, apesar de uma constante e tensa atenção ao ultrajante mistério da morte, ele não conseguia imaginar nada de grandioso e de consolador além dela, pois era realista demais para inventar um consolo, embora quisesse.

Era essa sua andança sobre o vazio que nos separava mais do que qualquer outra coisa. Eu tinha passado, havia muito tempo, por esse estado de espírito de Leonid e, por um orgulho humano natural, pensar sobre a morte tornara-se organicamente asqueroso e repugnante. Naquele tempo, disse para mim mesmo: enquanto aquilo que sente e pensa dentro de mim estiver vivo, a morte não ousará tocar nessa força.

Um dia, contava a Leonid como vivera a minha penosa época de "sonhos do prisioneiro com uma vida fora de sua prisão", em "trevas de pedra" e na "imobilidade eternamente equilibrada". Ele pulou do sofá e, correndo pelo quarto, regendo com a mão mutilada, começou a falar ofegante, com ansiedade e indignação:

— Isso, meu caro, é covardia — fechar o livro sem ter lido até o fim! Pois neste livro está a ata de sua acusação, nela você é negado, compreende? Negado com tudo o que você tem – o humanismo, o socialismo, a estética, o amor. Tudo isso, segundo o livro, é tolice? É ridículo e lamentável: você é condenado à morte, mas, por quê? E, você, fingindo que não sabe disso, não se ofende com isso, fica admirando as florzinhas, enganando a si mesmo e aos outros, florzinhas bobas!...

Eu chamava sua atenção à inutilidade de protestos contra um terremoto, tentava convencê-lo de que esses protestos não podem ter influência alguma nas convulsões da crosta terrestre, mas isso só o irritava.

Conversávamos em Petersburgo, no outono, num quarto vazio e entediante do quinto andar. A cidade estava envolta numa neblina espessa, em sua massa cinzenta pendiam imóveis os irisados e fantasmagóricos globos dos lampiões, lembrando enormes bolhas de sabão. Através do úmido algodão da neblina, subiam do fundo da rua até nós ruídos inoportunos, e o mais maçante era o bater dos cascos de cavalos no calçamento de madeira.

Leonid estava perto da janela, de costas para mim. Sentia que naquele minuto ele me odiava por eu ser um homem que anda pela Terra com maior facilidade e liberdade do que ele, porque se livrou de seu fardo humilhante e inútil.

Já antes eu havia percebido esses acessos agudos de raiva contra mim, mas não posso dizer que isso me ofendesse, embora preocupasse; eu compreendia, à minha maneira, é claro, a fonte dessa raiva, vendo como era dura a vida desse homem de raro talento, caro para mim e um amigo muito chegado, naquela época.

Lá embaixo passou repicando um carro de bombeiros. Leonid aproximou-se de mim, caiu no sofá e sugeriu:

— Vamos ver o incêndio?

— Os incêndios em Petersburgo não têm graça.

Ele concordou:

— É verdade. Mas na província, em Orel, por exemplo, quando ruas de madeira estão em chamas e os pequeno-burgueses ficam agitados feito traças, é ótimo! E os pombos sobrevoando a nuvem de fumaça, você já viu?

Ele me abraçou pelos ombros e disse, com um risinho:

— Você viu tudo, com os diabos! O "vazio de pedra" – isso é muito bom – as trevas de pedra e o vazio! Você compreende até o prisioneiro...

E, dando-me uma cabeçada no flanco:

— Às vezes eu o odeio por isso, como uma mulher amada mais inteligente do que eu.

Disse-lhe que sentia isso também e que, havia um minuto, ele também me odiava.

— Sim — confirmou ele, acomodando sua cabeça nos meus joelhos. — E sabe por quê? Gostaria que você sofresse do meu mal, seríamos mais próximos, pois você sabe como sou solitário!

Sim, ele era muito solitário, mas por vezes parecia-me que zelava ciosamente por sua solidão, era-lhe cara como fonte de suas fantásticas inspirações, como terra fértil de sua originalidade.

— Você mente, dizendo que o pensamento científico lhe dá satisfação — dizia ele, fitando o teto com a expressão sombria de seus olhos assustados. — A ciência, meu caro, também é uma mística dos fatos: ninguém sabe coisa alguma, eis a verdade. E as perguntas "como eu penso?" e "por que eu penso?" são a fonte do principal tormento humano, e essa é a verdade mais terrível! Vamos sair para algum lugar, por favor...

Tocar no assunto do mecanismo do pensamento emocionava-o mais do que tudo. E assustava.

Vestimos o casaco, descemos para a neblina, nadamos nela umas duas horas pela avenida Niévski, como bagres pelo fundo lodoso de um rio. Depois, sentamos num café, três garotas grudaram em nós de forma obsessiva, uma delas era estoniana, esbelta, apresentou-se como 'Elfrida'. Tinha um rosto petrificado, seus grandes olhos cinzentos sem brilho fitavam Andrêiev com uma terrível seriedade; usando uma xícara de café, ela tomava sei lá que licor verde venenoso. Dele exalava um cheiro de couro queimado.

Leonid tomava conhaque, embriagou-se rápido e ficou impetuosamente espirituoso, fazia as garotas rirem com brincadeiras inesperadamente engraçadas e intrincadas e, por fim, quis ir para o apartamento delas, pois insistiam muito nisso. Era impossível deixar Leonid ir sozinho – quando ele começava a beber, despertava-se nele algo terrível, uma necessidade vingativa de destruição, um ódio de 'fera capturada'.

Fui junto com ele; compramos vinho, frutas, bombons e, na rua Raziêzjaia, nos fundos de um pátio sujo e atravancado por barris e pilhas de lenha, no segundo pavimento de uma edícula de madeira, em dois pequenos cômodos, entre paredes adornadas pobre e lamentavelmente com cartões-postais, começamos a beber.

Antes de se embebedar até perder a consciência, Leonid entrava numa excitação perigosa e surpreendente, seu cérebro fervilhava violentamente, sua imaginação pegava fogo, sua linguagem tornava-se quase insuportável de tão brilhante.

Uma das garotas, rechonchuda, fofa e ágil como um rato, contou-nos quase com entusiasmo como um suplente do procurador dera-lhe uma mordida na perna, acima do joelho; provavelmente achava a conduta do jurista o acontecimento mais significativo de sua vida, mostrou a cicatriz e, sufocando-se de emoção, com os olhinhos vítreos brilhando de felicidade, dizia:

— Ele me amava tanto, dá medo até de lembrar! Mordeu-me, sabe, só que ele tinha um dente postiço que ficou cravado em minha pele!

A garota, depois de se embriagar rapidamente, caiu num canto do canapé e adormeceu, roncando. A outra, bem roliça, com basta cabeleira castanha, olhos de ovelha e braços monstruosamente compridos, tocava violão, enquanto Elfrida tirou cuidadosamente a roupa; nua, tirou as garrafas e os pratos, colocando-os no chão, pulou em cima da mesa e começou a dançar, calada, contorcendo o corpo como uma serpente, e não tirava os olhos de Leonid. Depois começou a cantar com uma voz desagradavelmente grossa, arregalava os olhos com ar bravo e, de vez em quando, como que dobrada, inclinava-se para Andrêiev; ele beijava os joelhos dela, gritava ecoando as palavras da canção em língua estranha e, dando-me cotoveladas, dizia:

— Ela entende alguma coisa, olhe para ela, está vendo? Ela entende!

Por alguns momentos, os olhos excitados de Leonid pareciam ficar cegos, tornando-se mais escuros e fundos, como se tentassem olhar para dentro de seu cérebro.

Fatigada, a estoniana saltou da mesa para a cama, estirou-se e, abrindo a boca, ficou acariciando os pequenos seios, pontudos como os de uma cabra.

Leonid disse:

— A sensação mais sublime e profunda da vida acessível a nós é o espasmo do ato sexual, sim, sim! E talvez a Terra, assim como essa cadela, revire-se no deserto do universo, esperando que eu a fecunde com a compreensão da finalidade da vida, e eu, com tudo que há de maravilhoso dentro de mim, seja apenas um espermatozóide.

Sugeri que ele voltasse para casa.

—Vá você, eu fico aqui...

Eu não podia deixá-lo, ele estava bêbado demais e tinha consigo muito dinheiro. Sentou-se na cama, ficou acariciando por um tempo as pernas esbeltas da garota, começou a falar de uma forma engraçada que a amava, e ela continuava encarando-o fixamente, com os braços atrás da cabeça.

— Quando o carneiro experimenta o rabanete, cria asas – disse ele.

— Não, não é verdade — respondeu seriamente a garota.

— Eu não lhe disse que ela entende alguma coisa?! — gritou Leonid com euforia de bêbado. Passados alguns minutos, ele saiu do quarto. Dei dinheiro à garota e pedi-lhe que convencesse Leonid a dar um passeio de carro. Ela concordou na hora, levantou-se e começou a se vestir rapidamente.

— Eu tenho medo dele, é daqueles que costumam atirar de pistola — balbuciava ela.

A garota que tocava violão pegou no sono, sentada no chão, perto do canapé, onde dormia sua amiga, roncando.

A estoniana já estava vestida quando Leonid voltou; ele se revoltou, gritando:

— Não quero! Seja feita a farra da carne! E tentou despir a garota novamente, mas ela, resistindo, encarava-o com tanta tenacidade que seu olhar domou-o e ele aceitou:
—Vamos!
Mas quis pôr o chapéu feminino *à la* Rembrandt e dele arrancou toda a sua plumagem.
— É você que vai pagar o chapéu? — perguntou ela, com ar prático. Leonid levantou as sobrancelhas e, às gargalhadas, gritou:
— O negócio está no papo![9] Hurra!
Na rua, pegamos um fiacre e fomos em frente através da neblina. Não era tarde ainda, mal passara de meia-noite. A Niévski, com seu enorme colar de luzes, parecia descer fundo, sabe-se lá aonde, e em volta dos lampiões cintilavam poeirinhas molhadas, na cinzenta umidade nadavam peixes pretos, apoiando-se nos rabos, as semi-esferas dos guarda-chuvas levavam as pessoas para cima; tudo era fantasmagórico, estranho e triste.
Ao ar livre Andrêiev ficou completamente embriagado, cochilou, embalado, e a garota sussurrou-me:
—Vou descer, está bem?
Saltou por cima dos meus joelhos para a lama da rua e sumiu.
No fim da avenida Kamennoostróvski, Leonid perguntou assustado, abrindo os olhos:
— Estamos indo? Quero entrar num bar. Você a mandou embora?
— Ela foi embora.
— Mentira. Você é esperto, e eu também. Saí do quarto para ver o que você faria, fiquei atrás da porta e ouvi como a levou na conversa. Agiu com ingenuidade e nobreza. Mas, em geral, é uma pessoa má, bebe muito e não se embriaga, por isso seus filhos serão alcoólatras. Meu pai também bebia muito sem se embriagar, e eu sou alcoólatra.

---

9. Equivale ao sentido da expressão russa "o negócio está no chapéu!", daí o trocadilho que fez rir Andrêiev. (N. de T.)

Depois ficamos sentados no 'Strelka'[10] sob a estúpida bolha de neblina, fumávamos, e quando a brasa do cigarro se inflamava, podia-se ver como encaneciam nossos sobretudos, cobrindo-se com o opaco vidrilho da umidade.

Leonid falava com uma franqueza irrestrita, e não era franqueza de bêbado: enquanto o veneno do álcool não interrompesse por completo o trabalho do cérebro, sua razão quase não se embriagava.

— Sim, você fez e continua fazendo muito por mim, hoje também, eu entendo. Se eu tivesse ficado com as moças, a coisa acabaria mal para alguém. Tudo isso está certo. Mas é por isso que eu não gosto de você, justamente por isso! Você não me deixa ser eu mesmo. Deixe-me e serei mais expansivo. Talvez você seja o arco do barril e, se sair, o barril se faça em pedaços – mas deixe que se faça em pedaços, está me entendendo? Não é preciso conter coisa alguma, que tudo se destrua. Talvez o verdadeiro sentido da vida esteja exatamente na destruição de algo que nós não conhecemos ou de tudo o que foi inventado e feito por nós.

Seus olhos escuros fitavam soturnamente a massa cinzenta em volta e em cima dele, por vezes ele os abaixava para a terra molhada, coberta de folhas, e batia os pés, como se testasse a firmeza do solo.

— Não sei o que você pensa, mas aquilo que sempre fala não é de sua fé, as palavras não são de sua prece. Você diz que todas as forças da vida provêm da alteração do equilíbrio, porém, está à procura justamente do equilíbrio, da harmonia, e me empurra para isso também, enquanto o equilíbrio, segundo suas próprias palavras, é a morte!

Eu replicava: não o empurrava para lugar algum e não queria empurrar, mas que sua vida, sua saúde, seu talento eram-me caros.

— Agrada-lhe apenas o meu trabalho, o meu exterior, não eu mesmo e não aquilo que quero personificar em minha obra. Você atrapalha a mim e a todo mundo, vá para o inferno!

---

10. Língua de terra entre o rio Nievá Maior e o Nievá Menor, famosa pelo conjunto arquitetônico do século XVIII, centro histórico de São Petersburgo. (N. de T.)

Encostou-se no meu ombro, olhou para mim sorrindo e disse:

— Acha que estou bêbado e não percebo que falo bobagens? Não, simplesmente quero deixá-lo irritado. Você é um camarada raro, eu sei, e é estupidamente desinteressado, enquanto eu sou cheio de pose, como um mendigo que exibe suas chagas para receber atenção como esmola.

Não foi a primeira vez que falou disso e eu sentia que em parte era verdade, isto é, a explicação bem pensada de certas peculiaridades de seu caráter.

— Eu, meu caro, sou decadente, degenerado, doente. Mas Dostoiévski também era doente, como todas as grandes pessoas. Existe um livro, não me lembro de quem, sobre o gênio e a demência, no qual se prova que a genialidade é uma doença psíquica! Este livro prejudicou-me. Se eu não o tivesse lido, seria uma pessoa mais simples. Agora, sei que sou quase genial, mas não tenho certeza – sou demente o suficiente? Entende, eu mesmo fazer-me de demente para me convencer de meu talento, você entende?

Eu ri. Isso me pareceu mal concebido, portanto nada verossímil.

Quando lhe disse isso, gargalhou também e, de repente, com a flexibilidade de seu espírito e a habilidade de um acrobata, ele saltou para um tom de humor:

— E onde está o bar, o templo religioso de ofícios literários? Os russos talentosos devem obrigatoriamente conversar nos bares, tal é a tradição, sem isso os críticos não reconhecem o talento.

Estávamos numa taberna noturna de cocheiros, o calor era sufocante, úmido e cheio de fumaça; pela saleta imunda andavam 'criados' mal-humorados, cansados e sonolentos, os bêbados praguejavam 'matematicamente'[11], as prostitutas horrendas esganiçavam a voz, uma delas desnudou o seio esquerdo, amarelo e com uma enorme teta de vaca, colocou-o no prato e trouxe-nos, oferecendo:

— Não querem comprar uma libra?

---

11. Do russo, *mat*: obscenidades. (N. de T.)

— Adoro a sem-vergonhice — disse-me Leonid. — No cinismo eu sinto a tristeza, quase o desespero do ser humano que tem a consciência de não poder, entende, não poder deixar de ser um animal, gostaria de não ser, mas não pode! Você entende?

Ele tomava chá forte, quase preto, eu sabia que ele gostava de chá assim e que o deixava sóbrio, por isso pedi que fizessem mais chá. Tomando esse líquido amargo cor de alcatrão, Leonid examinava o rosto inchado dos bebuns e não parava de falar:

— Com as mulheres rústicas eu sou cínico. Assim fica mais justo, e elas gostam disso. É melhor ser um perfeito pecador do que um justo que não consegue obter a plena santidade com suas súplicas.

Olhou em volta, calado, e disse:

— Mas aqui é um tédio, como num consistório espiritual!

Isso o fez rir.

— Nunca estive em um consistório espiritual, deve haver nele algo parecido com um viveiro de peixes.

O chá desembriagou-o. Saímos da taverna. A neblina tornou-se mais espessa, as bolas de opala dos lampiões derretiam-se como gelo.

— Tenho vontade de comer peixe — disse Leonid, apoiando-se com os cotovelos na balaustrada da ponte sobre o Nievá – e continuou animado:

— Sabe o que me acontece? Talvez as crianças pensem assim: tropeço numa palavra, peixe, por exemplo, e escolho as assonantes dela – peixe, feixe, deixe, piche, mas fazer versos, não sei mesmo!

Depois de refletir, acrescentou:

— Os autores dos abecedários também pensam assim...

Novamente, estávamos numa taberna, regalando-nos com uma sopa de peixe. Leonid contou que fora convidado por 'decadentes' a colaborar na revista *Vessi*[12].

---

12. Revista crítico-literária e bibliográfica mensal, publicada em Moscou entre 1904 e 1909 pela Editora Skorpion. (N. de T.)

— Não vou, não gosto deles. Atrás de suas palavras eu não sinto conteúdo; eles 'se embriagam' com as palavras, como gosta de dizer Balmont. Um talentoso e doente também.

Lembro-me de que, em outra ocasião, ele disse sobre o grupo Skorpion:

— Eles violentam Schopenhauer, a quem amo, por isso os odeio.

Mas essa palavra soava forte demais saindo de sua boca, pois ele não sabia odiar, era dócil demais para isso. Certa vez, mostrou-me 'palavras de ódio' em seu diário, verificou-se que eram frases humorísticas, e ele mesmo ria delas abertamente.

Levei-o para o hotel, coloquei-o para dormir, mas, passando por lá depois do meio-dia, soube que, logo depois que o deixei, levantou-se, vestiu-se e sumiu não se sabe para onde. Procurei por ele o dia inteiro e não o achei.

Ficou bebendo quatro dias seguidos, depois viajou a Moscou.

Ele tinha uma maneira desagradável de testar a sinceridade do relacionamento entre as pessoas; fazia isso assim, inesperadamente, perguntando de passagem:

— Sabe o que Z. disse de você?

Ou comunicando:

— S. fala que você...

E perscrutava você com seu olhar escuro.

Um dia, disse a ele:

— Cuidado, vai acabar indispondo todos os camaradas uns com os outros.

— E daí? — respondeu ele. — Se brigarem por ninharia significa que seu relacionamento não era sincero.

— O que você procura?

— Uma solidez, sabe, uma coisa monumental, a beleza do relacionamento. É preciso que cada um entenda como é fina a renda da alma, com que ternura e parcimônia ela deve ser tratada. Certo romantismo é necessário no relacionamento, ele existia no círculo de Púchkin e isso me dá inveja. As mulheres são sensíveis apenas ao erotismo, o Evangelho da mulher rústica é o *Decameron*.

Meia hora depois ele ridicularizou sua opinião sobre as mulheres, fazendo uma representação cômica da conversa entre um erotômano e uma colegial.

Ele não suportava Artsybáchev e por vezes com grosseira hostilidade o ridicularizava justamente pela representação unilateral sobre as mulheres, como princípio exclusivamente sensual.

Um dia contou-me a seguinte história: quando tinha uns onze anos, viu num bosque ou num jardim um diácono e uma senhorita fidalga se beijarem.

— Beijavam-se e choravam os dois — dizia ele, abaixando a voz e encolhendo-se. Quando contava sobre intimidades, ficava tenso e contraía a musculatura um tanto frouxa.

— A senhorita fidalga era tão fininha, frágil, sabe, tinha perninhas de palito; e o diácono, gordo, vestia uma batina lustrosa de gordura sobre a barriga. Eu já sabia por que se beijava, mas pela primeira vez vi pessoas chorarem enquanto se beijavam, e isso para mim era ridículo. A barba do diácono prendeu-se nos colchetes do casaquinho, ele começou a sacudir a cabeça, dei um assobio para assustá-los; eu mesmo me assustei e fugi. Mas, à noite, naquele mesmo dia, senti-me apaixonado pela filha do juiz de paz, menina de uns dez anos, apalpei-a e percebi que ela não tinha seios, portanto não havia o que beijar, e ela não servia para o amor. Então, apaixonei-me pela arrumadeira dos vizinhos, que não tinha sobrancelhas, tinha pernas curtas e seios grandes; seu casaquinho também lustrava de gordura no seio, como a batina do diácono na barriga. Abordei-a resolutamente; e ela, resolutamente, deu-me puxões de orelha. Isso não me impediu de amá-la, parecia-me uma beldade cada vez maior. Isso foi quase torturante e muito doce. Vi inúmeras moças realmente bonitas e, com a razão, entendia bem que minha paixão era um monstro em comparação com elas; mesmo assim, para mim ela continuava a melhor de todas. Para mim estava bom porque sabia que ninguém poderia amar uma moça loira desbotada e gorda assim como eu a amava, compreende, ninguém seria capaz de vê-la como a mais bela de todas as beldades!

Sua narração era primorosa, impregnando suas palavras com um humor adorável que eu não sei transmitir; é uma pena que ele, usando-o sempre tão bem numa conversa, menosprezasse ou receasse adornar com seu jogo os contos, temendo, pelo visto, que o colorido humorístico interferisse no tom sombrio de seus quadros.

Quando eu disse é uma pena ele ter esquecido como foi bem-sucedido na criação da arrumadeira de pernas curtas, a maior beldade do mundo, e não querer mais extrair do minério sujo da realidade os filões dourados da beleza, ele apertou os olhos com ar cômico e malicioso, dizendo:

— Vejam só que doce! Não, não pretendo mimar vocês, os românticos.

Foi impossível convencê-lo de que justamente ele era o romântico.

No exemplar de suas *Obras completas*, que Leonid me deu de presente em 1915, ele escreveu:

"A partir do 'Bergamota', publicado no *Courier*, tudo o que tem aqui foi escrito e passou por seus olhos, Aleksêi: em muito é a história do nosso relacionamento."

Infelizmente, isso é verdade; infelizmente, pois acho que para L. Andrêiev teria sido melhor não introduzir "a história do nosso relacionamento" em seus contos. Mas ele fazia isso de muito bom grado e, apressando-se em 'desmentir' minhas opiniões, acabava com a própria festa. Pode-se dizer que justamente em minha pessoa ele personificava seu inimigo invisível.

— Escrevi um conto que, provavelmente, não lhe agradará — disse ele, um dia. —Vamos dar uma lida?

Lemos. Gostei muito do conto, exceto alguns detalhes.

— Isso é uma tolice, vou consertar — dizia ele, animado, andando de um lado para o outro no quarto e arrastando os chinelos. Sentou-se depois ao meu lado, jogou os cabelos para trás e olhou-me fixamente:

— É o seguinte: eu sei, sinto que elogia o conto sinceramente. Mas não entendo, como você pode gostar dele?

— Sabe-se lá de quantas coisas não gosto no mundo, no entanto, isso não faz mal nenhum a elas, pelo que vejo.

— Raciocinando dessa maneira, é impossível ser revolucionário.

— Será que vê o revolucionário com os olhos de Netcháiev: "o revolucionário não é ser humano", é isso?

Ele me abraçou e riu:

— Você entende mal a si mesmo. Escute, quando eu escrevia "A idéia", pensava em você. Aleksêi Saviôlov é você! No conto tem uma frase: "Aleksêi não tinha talento". Talvez tenha sido mau de minha parte, mas, às vezes, sua teimosia me irrita tanto que você não me parece talentoso. Fiz mal em ter escrito isso, não é?

Estava agitado, até corou.

Tranqüilizei-o dizendo que não me considerava um cavalo árabe, apenas um cavalo de carroça; sabia que devia meu sucesso não tanto a um talento inato quanto à capacidade de trabalhar, ao meu amor pelo trabalho.

—Você é uma pessoa estranha — disse baixinho, interrompendo-me e, de repente, livrando-se das ninharias, começou a falar de si contemplativamente, das inquietações de sua alma. Ele não tinha a propensão desagradável, comum aos russos, de se confessar e se arrepender, mas, em alguns momentos, ele conseguia falar de si com toda uma franqueza corajosa e até cruel, porém, sem perder a auto-estima. Isso me agradava nele.

— Entende — dizia ele —, toda vez que acabo de escrever algo que me emociona sobremaneira é como se uma casca caísse da minha alma, eu me enxergo mais claramente e vejo que sou mais talentoso do que aquilo que escrevi. "A idéia", por exemplo, eu esperava que o conto fosse lhe assentar um golpe e agora percebo que, no fundo, ele não passa de uma obra polêmica e que, ainda por cima, não atingiu o alvo.

Ergueu-se num salto e declarou em tom meio brincalhão, sacudindo o cabelo:

— Tenho medo de você, seu malvado! Você é mais forte do que eu, mas não quero ceder.

E novamente sério:

— Alguma coisa me falta, meu caro. Algo muito importante, hein? O que acha?

Achava que ele tratava seu talento com uma negligência imperdoável e que lhe faltavam conhecimentos.

— É preciso estudar, ler, fazer uma viagem à Europa.

Ele fez um gesto de recusa com a mão.

— Não é isso. É preciso encontrar um Deus para si e acreditar em Sua sabedoria.

Acabamos discutindo, como sempre. Depois de uma discussão dessas, enviou-me a revisão do conto "O muro". E, a respeito de "Fantasmas", disse-me:

— O demente que bate sou eu; e o enérgico Iegor, você. O sentimento de confiança em suas forças lhe é realmente próprio e é este o ponto principal de sua demência, e da demência de todos os românticos semelhantes a você, os idealizadores da razão, apartados da vida por seu sonho.

Os rumores detestáveis provocados pelo conto "A voragem" afligiram Leonid. Pessoas sempre prestes a agradar a vizinhança começaram a escrever todo tipo de sujeira sobre Andrêiev, chegando até a comicidade em suas calúnias. Assim, um poeta publicou em um jornal de Khárkov que Andrêiev e sua noiva nadaram juntos sem roupa. Leonid perguntou, ofendido:

— Ele acha, por acaso, que vou nadar de fraque? E ainda mente, pois não nadei nem junto com noiva, nem *desacompanhado*, não nadei o ano todo, não havia onde. Sabe, resolvi imprimir um pedido encarecido aos leitores e colá-lo nos cercados – um pedido breve:

> Não façam a bobagem
> De ler a "A voragem".

Acompanhava as opiniões sobre seus contos com uma atenção excessiva, quase doentia, sempre se queixava com tristeza ou irritação da grosseria bárbara dos críticos e cronistas, e um dia até fez isso na imprensa, falando da hostilidade da crítica a ele, pessoalmente.

— Não faça isso — aconselhavam-no.

— Faço sim, senão, pretendendo me corrigir, eles acabarão cortando minhas orelhas ou me queimando vivo...

O alcoolismo hereditário fazia-o sofrer cruelmente; a manifestação da doença era relativamente rara, mas sempre de forma muito aguda. Ele lutava contra ela, e a luta custava-lhe esforços enormes, mas, às vezes, caindo em desespero, ele ridicularizava esses esforços.

— Vou escrever um conto sobre o homem que durante vinte e cinco anos, desde a mocidade, temia tomar um cálice de vodca e, por causa disso, perdeu inúmeras horas de felicidade em sua vida, estragou sua carreira e morreu na flor da idade por ter cortado seu calo de mau jeito ou por ter espetado uma lasca no dedo.

E, de fato, quando veio me ver em Níjni, trouxe consigo o manuscrito do conto sobre esse assunto.

Em Níjni, Leonid conheceu em minha casa o padre Fiódor Vladímirski, o arcipreste da cidade de Arzamás e, posteriormente, membro da Segunda Duma de Estado, homem admirável. Um dia tentarei descrever sua vida, mas, por enquanto, acho necessário esboçar seu feito principal.

Quase desde a época de Ivan, o Terrível, a cidade de Arzamás bebia água de açudes onde no verão flutuavam cadáveres de ratazanas, gatos, galinhas, cachorros afogados e, no inverno, sob o gelo, as águas apodreciam, adquirindo um odor nauseabundo. Pois o padre Fiódor, com o objetivo de fornecer águas saudáveis para a cidade, pesquisou durante doze anos as águas dos solos das redondezas de Arzamás. Todo verão, de ano em ano, ao raiar do sol, ele caminhava feito um bruxo pelos campos e pelas florestas, observando lugares onde a terra 'suava'. Depois de muito trabalho, encontrou fontes subterrâneas, seguiu o curso delas, revolveu a terra e dirigiu-as para uma baixada na floresta, a três verstas da cidade, e, ao acumular mais de quarenta mil baldes de excelente água de nascente para dez mil habitantes, sugeriu à cidade que construísse um aqueduto. A cidade tinha um capital, legado por um mercador com a condição de que ele fosse usado ou para um aqueduto ou para criar uma sociedade de crédito. Os comerciantes e as autoridades, que traziam em cavalos barris de água das fontes longínquas, fora da cidade, não precisavam do aqueduto e por todos os meios dificultavam o trabalho do padre Fiódor, querendo aplicar o capital na fundação da sociedade de crédito, enquanto os habitantes humildes, indiferentes e passivos por hábito arraigado desde os tempos imemoráveis, continuavam bebendo a água pútrida dos açudes. Pois bem, o padre Fiódor, depois de encontrar a água, teve de travar uma longa e fastidiosa batalha contra a tenaz cobiça dos ricos e a estupidez vil dos pobres.

Ao chegar, sob vigilância policial, a Arzamás, encontrei-o no final dos trabalhos de captação das fontes. Esse homem, exausto pelo trabalho forçado e infortúnios, foi a primeira pessoa de Arzamás que teve a coragem de me conhecer – as sábias autoridades da cidade proibiram rigorosamente os funcionários da administração local e de outras entidades de fazer-me visitas e, para amedrontá-los, instalaram um posto policial bem debaixo das janelas do meu apartamento.

O padre Fiódor veio me visitar de noite, sob uma chuva torrencial, encharcado dos pés à cabeça, sujo de lama, com pesadas botas de mujique, sotaina cinzenta e um chapéu desbotado, que parecia um pedaço de barro de tão molhado que estava. Com sua mão calosa e dura apertou a minha e disse com voz grave e soturna:

— É você o pecador impenitente que nos encaminharam para ser corrigido, para seu bem? Pois nós o corrigiremos! Pode me oferecer um chá?

Na barbicha grisalha escondia-se um rostinho magro de asceta, das órbitas profundas resplandecia com docilidade um sorriso de olhos inteligentes.

— Vim direto da floresta. Teria alguma coisa para eu trocar de roupa?

Eu já havia ouvido muito sobre ele, sabia que seu filho era emigrado político, uma das filhas estava na prisão também por causa da 'política', a outra se esforçava para acabar no mesmo lugar; sabia que ele havia gastado todos os recursos na procura da água, hipotecou a casa, vivia como um indigente, cavava sozinho os canais na floresta, revestindo-os de argila, e, quando lhe faltavam forças, pedia pelo amor de Deus a ajuda dos mujiques vizinhos. Eles o ajudavam, mas os moradores da cidade, acompanhando com ceticismo o trabalho desse padre 'esquisito', não moveram um dedo para ajudá-lo.

Pois foi esse homem que L. Andrêiev encontrou em minha casa.

Outubro. Um dia seco e frio, ventava, levando pelas ruas pedaços de papel, penas de aves, cascas de cebola. A poeira arranhava as janelas, do campo à cidade vinha uma enorme nuvem de chuva. De repente, no quarto onde estávamos Leonid e eu entrou o padre Fiódor, esfregando os olhos empoeirados, desgrenhado, zangado, xingando o ladrão que lhe havia roubado a maleta e o guarda-chuva, contra o governador que não queria entender que o aqueduto era mais útil do que a sociedade de crédito.

Leonid arregalou os olhos e sussurrou-me:

— O que é isso?

Uma hora depois, à mesa do samovar, ele, literalmente boquiaberto, ouvia como o arcipreste da desajeitada cidadezinha de Arzamás, batendo com o punho na mesa, censurava os gnósticos por terem lutado contra a democracia da igreja, querendo fazer a teologia inacessível à compreensão do povo.

— Esses hereges julgavam-se aristocratas do espírito à procura do conhecimento supremo, mas não é o povo, representado por seus guias mais sábios, a expressão da sabedoria de Deus e de Seu Espírito?

"Docetas", "ofitas", "pleroma", "Carpocrates", zumbia o padre Fiódor, e Leonid, cutucando-me com o cotovelo, sussurrava:

— Eis o horror de Arzamás em pessoa!

Mas logo agitava sua mão na frente do padre Fiódor, querendo provar a impotência do pensamento, e o sacerdote, sacudindo a barba, replicava:

— Não é o pensamento que é impotente, mas a descrença.

— Ela é a essência do pensamento.

— Inventando sofismas, senhor escritor...

A chuva fustigava as vidraças, o samovar cantarolava sobre a mesa, um velho e um jovem remexiam a antiga sabedoria e, da parede, Liev Tolstói, com uma bengala na mão, olhava atentamente para eles, o grande peregrino deste mundo. Ao derrubar tudo o que deu tempo de derrubar, separamo-nos, indo cada um para seu quarto muito depois da meia-noite. Eu já estava na cama com um livro na mão quando bateram na porta e apareceu Leonid, despenteado, agitado, o colarinho da camisa desabotoado, sentou-se na cama e começou a falar com admiração:

— Puxa, que padre! Como ele me decifrou, hein?!

De repente, lágrimas brilharam em seus olhos.

— Você é um felizardo, Aleksêi, com os diabos! Sempre há em sua volta pessoas muito interessantes, e eu sou um solitário, ou perto de mim tem apenas...

Ele abanou a mão. Contei-lhe da vida do padre Fiódor, como procurava água, da 'História do Velho Testamento', escrita por ele e cujo manuscrito fora confiscado por deliberação do Sínodo, do livro *O amor é a lei da vida*, também proibido pela censura eclesiástica. Neste livro, provava, com citações de Púchkin e de outros poetas, que o amor de um ser humano por outro é a base da vida e do desenvolvimento do mundo; que ele é tão poderoso quanto a lei da gravitação universal e é semelhante a ela em tudo.

— Sim — disse Leonid, pensativo. — Preciso estudar alguma coisa, senão passo vergonha na frente do padre.

Novamente bateram à porta; entrou o padre Fiódor, fechando a sotaina, descalço, triste.

— Não estão dormindo? Então... vim! Estou ouvindo, estão falando, vou, digo, pedirei desculpas! Gritei, fui um tanto áspero com vocês, jovens, não levem a mal... Deitei, pensei em vocês – são boa gente, achei que me exaltei em vão... Por isso vim, perdoem-me! Estou indo dormir...

Os dois se acomodaram na minha cama e recomeçou a interminável conversa sobre a vida. Leonid gargalhava, comovia-se:

— Não, qual é a nossa Rússia?... "Desculpem, não resolvemos ainda a questão sobre a existência de Deus e vocês nos chamam para almoçar!" Pois não é Belinski quem diz isso, é a Rus inteira que diz à Europa, porque, na realidade, a Europa só nos chama a almoçar, comer fartamente e nada mais!

E o padre Fiódor, cobrindo com a sotaina suas pernas magras e ossudas, objetava, sorrindo:

— Porém, a Europa é a nossa madrinha, não se esqueçam disso! Sem os seus Voltaires e cientistas, nós aqui não estaríamos competindo em conhecimentos de filosofia, mas comeríamos *blinis* em silêncio, só isso!

Ao amanhecer, o padre Fiódor despediu-se e umas duas horas depois saiu para cuidar dos problemas do aqueduto, e Leonid, que ficou dormindo o dia inteiro, disse-me à noite:

— Pense só, quem e para que precisam desse padre inteligentíssimo, enérgico e interessante numa cidadezinha pútrida, hein? E por que justamente um padre inteligentíssimo nesta cidade? Que besteira! Sabe, só dá para viver em Moscou, mude-se daqui. Aqui é ruim, tem chuva, lama... E logo foi se preparar para voltar para casa.

Na estação, disse-me:

— Apesar de tudo, esse padre é um equívoco. Uma piada!

Queixava-se com freqüência de não se encontrar com pessoas interessantes, originais.

— Você sabe encontrá-los, enquanto em mim só gruda a bardana que eu fico carregando no meu rabo, para quê?

Eu recomendava pessoas com as quais lhe seria útil ter contato, pessoas de grande cultura ou de idéias originais, falei de V. V. Rózanov e de outros. Achava que o contato com Rózanov poderia ser particularmente útil para Andrêiev. Ele se surpreendeu!

— Não o entendo!

E falou do conservadorismo de Rózanov, o que poderia não ter feito, porque no fundo era profundamente indiferente à política, apenas raramente manifestava uns acessos de curiosidade aparente por ela. Expressou sua atitude em relação aos fatos políticos com a maior franqueza no conto "Assim foi, assim será".

* * *

Tentei provar-lhe que se pode aprender tanto com o diabo e o ladrão quanto com um santo ermitão, e que ensino não significa submissão.

— Isso não é totalmente certo — replicou ele —, a ciência toda representa a submissão ao fato. E eu não gosto de Rózanov; para mim ele é aquele cão do qual a Bíblia diz: "torna ao seu vômito".

Às vezes, dava a impressão de que ele evitava conhecer pessoalmente homens notáveis, por ter medo da influência deles; encontrava-se uma ou duas vezes com alguns deles, elogiava-os com ardor, mas logo perdia o interesse e não procurava ter outros encontros.

Foi assim com Savva Morózov: depois de uma primeira longa conversa com ele, L. Andrêiev, admirando a fina inteligência, o conhecimento amplo e a energia deste homem, chamou-o de Iermak Timofêievitch e disse que Morózov desempenharia um grande papel na política:

— Ele tem cara de tártaro, mas ele, meu caro, é um lorde inglês!

E Savva Timofêievitch[13] falou de Andrêiev:

— Ele só parece autoconfiante, mas não sente essa confiança dentro de si e quer obtê-la da razão, porém, seu intelecto é instável, ele sabe disso e não acredita nele.

Escrevo assim como me dita a memória, sem me preocupar com seqüência, com a 'cronologia'.

No Teatro Khudójestvieni, quando ele ainda se localizava na rua Karétni Riad, Leonid Nikoláievitch apresentou-me sua noiva, uma senhorita magrinha e frágil, de olhos afetuosos e luminosos.

---

13. Trata-se de Savva Morózov. (N. de T.)

Modesta e taciturna, pareceu-me não ter personalidade, mas logo tive provas de que era uma pessoa de coração inteligente. Ela compreendeu perfeitamente que Andrêiev necessitava de um tratamento materno, cuidadoso, logo sentiu profundamente o valor de seu talento e as oscilações tormentosas de seus estados de espírito. Era uma daquelas mulheres raras que, sabendo ser amantes apaixonadas, não perdem a capacidade de amar como mãe. Esse amor duplo muniu-lhe de uma intuição afinada, e ela sabia distinguir as verdadeiras lamentações da alma dele das frases altissonantes ou de um estado de espírito caprichoso e momentâneo.

Como se sabe, o homem russo "para dizer uma gracinha não poupa nem a mãezinha". Leonid Nikoláievitch também era apaixonado pelos gracejos e, às vezes, inventava uns de gosto bastante duvidoso.

"Um ano após o casamento, a mulher é como o sapato lasseado: a gente não o sente mais", disse ele, um dia, na presença de Aleksandra Mikháilovna. Ela sabia não dar atenção a esse tipo de criação idiomática e às vezes até achava espirituosas essas brincadeiras verbais, rindo delas com gosto. Mas, tendo grande respeito por si mesma, podia, se fosse preciso, mostrar-se muito firme e até intransigente. Tinha um gosto fino e bem desenvolvido pela música da palavra, pela forma do discurso. De estatura baixa e corpo esguio, ela era elegante e às vezes engraçada como criança que faz ar sério; eu a chamava de Dama Chura[14], e esse apelido lhe caiu bem.

Leonid Nikoláievitch estimava-a, já ela vivia sempre preocupada com ele, numa tensão constante com todas as suas forças, sacrificando sua personalidade em favor dos interesses de seu marido.

Em Moscou, na casa de Andrêiev, literatos reuniam-se freqüentemente; o ambiente era muito apertado, caloroso, os olhos sorri-

---

14. Diminutivo de Aleksandra. (N. de T.)

dentes e doces da Dama Chura continham um pouco a 'largueza' do caráter russo. Muitas vezes esteve lá F. I. Chaliápin, encantando a todos com suas histórias.

Na época do florescimento do 'modernismo', tentaram entender L. Andrêiev, porém o criticavam, na maioria das vezes, o que é muito fácil de fazer. Não havia tempo para pensar seriamente na literatura; em primeiro plano estavam a guerra e a política. Blok, Biéli e Briússov pareciam uns 'eremitas atrasados', considerados esquisitões, no melhor dos casos e no pior – uma espécie de traidores das "grandes tradições da opinião pública russa". Eu também pensava e sentia assim. Será que o momento era para as *Sinfonias*[15], quando numa atmosfera lúgubre a Rus toda se preparava para dançar *trepak*[16]? Os acontecimentos desenrolavam-se em direção à catástrofe, os sinais de sua iminência tornavam-se mais ameaçadores, os social-revolucionários jogavam bombas todo dia, e cada explosão estremecia o país inteiro, provocando a tensa expectativa de uma reviravolta radical na vida social. O Comitê Central dos bolcheviques social-democratas fazia suas reuniões no apartamento de Andrêiev e, um dia, o Comitê inteiro foi preso e encarcerado junto com o dono do apartamento.

Depois de passar um mês na prisão, Leonid Nikoláievitch saiu de lá como da piscina de Siloé: bem-disposto e alegre.

— Faz bem quando te comprimem, dá vontade de se ampliar, em todos os sentidos! — dizia ele, e ria de mim.

— E aí, seu pessimista? A Rússia está ganhando novo ânimo, não é? E você rimava: a monarquia – a ferrugem cobria.

Publicou os contos "A Marselhesa", "Sinal de alarme", "O conto que nunca será terminado", e já em outubro de 1905 leu-me o manuscrito de "Era uma vez".

— Não seria prematuro? — perguntei.

---

15. Obra de A. Biéli. (N. de T.)
16. Dança popular russa. (N. de T.)

E ele respondeu:

— O que é bom é sempre prematuro.

Logo depois, viajou à Finlândia e fez muito bem: a crueldade absurda dos acontecimentos de dezembro o teria esmagado. Na Finlândia, mostrou-se politicamente ativo, tomava a palavra nos comícios, publicava artigos nos jornais de Helsingfors[17] com críticas ásperas à política dos monarquistas, mas seu estado de espírito estava deprimido, a visão do futuro era desesperadora. Em Petersburgo recebi sua carta; entre outras coisas, ele escreveu:

"Todo cavalo tem suas peculiaridades inatas, as nações também. Há cavalos que se desviam de qualquer caminho para um bar, nossa pátria desviou-se para o ponto que mais lhe agrada e novamente viverá por muito tempo bebendo de copo em copo até o funeral."

Alguns meses depois, encontramo-nos na Suíça, em Montreux. Leonid caçoava da vida dos suíços.

— Fresta de baratas não é lugar para nós, gente de planos vastos — dizia ele.

Tive a impressão de que ele ficou murcho, apagado, em seus olhos vidrou-se a expressão de cansaço, de tristeza aflita. Sobre a Suíça opinava superficialmente, falando as mesmas banalidades que desde havia muito costumavam dizer deste país os amantes da liberdade, nativos de Tchúkhloma, Konotóp e Tietiúchi[18]. Um deles definiu o conceito russo de liberdade de modo profundo e justo com as seguintes palavras:

"Em nossa cidade vivemos como no banho: sem correções e sem restrições." Sobre a Rússia, L. N. falava com tristeza e sem

---

17. Helsinque em finlandês (N. de T.)
18. Pequenas cidades provincianas russas, usadas como sinônimos de lugares distantes. (N. de T.)

vontade, um dia, sentado perto da lareira, lembrou-se de alguns versos da amarga poesia de Iakubóvitch, "À pátria":
Por que te amaríamos? Que tipo de mãe tu és?
— Escrevi uma peça. Vamos dar uma lida?
E, à noite, ele leu a peça *Savva* para mim.

Ainda na Rússia, ouvindo histórias sobre o jovem Ufímtsev e seus camaradas que tentaram explodir o ícone de Nossa Senhora de Kursk, Andrêiev resolveu transformar este acontecimento em uma novela, então naquele mesmo tempo criou um plano muito interessante e esboçou de forma expressiva os caracteres dos personagens. Ufímtsev, poeta de técnica científica e que tinha um talento indubitável de inventor, jovem, atraia-o particularmente. Deportado para a província de Semirétchensk, em Karkarali, se não me engano, vivendo lá sob a vigilância rigorosa de pessoas ignorantes e supersticiosas e sem ter instrumentos e materiais necessários, ele inventou um motor original de combustão interna, aperfeiçoou o 'ciclostilo'[19], trabalhou sobre um novo sistema de draga, inventou sei lá que 'cartucho eterno' para espingardas de caça. Mostrei a engenheiros de Moscou os desenhos de seu motor e eles me disseram que a invenção de Ufímtsev era muito prática, engenhosa e talentosa. Não sei que fim levaram todas as suas invenções, pois, indo para o exterior, perdi Ufímtsev de vista.

Mas eu sabia que esse jovem era um daqueles maravilhosos sonhadores que, encantados por sua fé e seu amor, vão por caminhos diferentes ao mesmo objetivo: despertar em seu povo uma energia racional que cria o bem e a beleza.

Senti tristeza e mágoa, vendo que Andrêiev havia deturpado esse personagem, ainda não tocado pela literatura russa; eu achava que assim como havia sido concebido, ele ganharia a apreciação e o colorido dignos do protótipo. Discutimos, e eu talvez tenha sido um tanto áspero, falando que era preciso representar certos fenômenos da vida, os mais raros e positivos, com a maior fidelidade.

---

19. Espécie de copiadora. (N. de T.)

Como todas as pessoas com um 'eu' bem acentuado e sensibilidade aguçada, voltada à sua própria pessoa, Leonid Nikoláievtch não gostava de ser contrariado, sentiu-se ofendido e nos despedimos friamente.

Em 1907 ou em 1908, parece, Andrêiev foi a Capri, depois do enterro, em Berlim, da 'Dama Chura', que faleceu de febre puerperal. A morte de sua boa e inteligente amiga abalou gravemente a psique de Leonid. Todos os seus pensamentos e conversas giravam insistentemente em torno das recordações sobre a morte tão sem sentido da 'Dama Chura'.

— Sabe — dizia ele, e suas pupilas dilatavam-se estranhamente —, ela estava viva ainda, mas já expirava o odor cadavérico. É um odor muito irônico.

Trajava um casaco de veludo preto, e mesmo pelo seu aspecto externo parecia amarrotado, esmagado. Seus pensamentos, suas palavras, se concentravam terrivelmente no assunto da morte. Por acaso alugou a vila Carraciolo, que pertencia à viúva do artista descendente do marquês de Carraciolo, adepto do partido francês e executado por Ferdinando Bomba. Os quartos eram escuros nessa casa úmida e sombria, e os quadros inacabados e meio sujos nas paredes lembravam manchas de mofo. Num dos cômodos, havia uma lareira coberta de fuligem, na frente das janelas crescia um espesso arbusto que as ensombrava, e folhas de hera nos muros da casa espiavam pela vidraça. Desse cômodo Leonid fizera a sala de jantar.

Uma noite, chegando a sua casa, encontrei-o sentado numa poltrona diante da lareira. Vestido todo de preto, com reflexos vermelhos da brasa, ele estava com seu filho Vadim nos joelhos, falando-lhe algo a meia voz e soluçando. Entrei silenciosamente; pareceu-me que a criança adormecia, sentei-me numa poltrona perto da porta e ouvi: Leonid contava ao menino que a morte andava pela Terra e esganava as crianças pequenas.

— Tenho medo — disse Vadim.
— Não quer ouvir?
— Tenho medo — repetiu o menino.
— Bem, vá dormir...

Mas a criança agarrou-se às pernas do pai e chorou. Demorou muito para conseguir acalmá-lo. Leonid estava histérico, suas palavras exacerbavam o menino, ele batia os pés e gritava:

— Não quero dormir! Não quero morrer!

Depois que sua avó o levou, eu disse que não se deve apavorar uma criança com tais historinhas, essas histórinhas sobre a morte, o gigante invencível.

— E se eu não consigo falar de outra coisa? — respondeu ele, rispidamente. — Agora eu entendo o quanto é indiferente a 'bela natureza' e só me dá vontade de arrancar meu retrato dessa moldura bonitinha e vulgar.

Foi difícil conversar com ele, quase impossível: enervava-se, zangava-se e dava a impressão de que tinha prazer em mexer na ferida.

— Persegue-me a idéia do suicídio e parece-me que minha sombra, arrastando-se atrás de mim, sussurra: vá embora, morra!

Isso aumentava muito a inquietude de seus amigos, mas em alguns momentos ele dava a entender que demandava cuidado consciente e deliberadamente, como quisesse mais uma vez ouvir o que lhe diriam para justificar e defender a vida.

Mas a alegre natureza da ilha, o carinho e a beleza do mar, e a simpatia com que os capriotas tratavam os russos, dissiparam bastante rápido o lúgubre estado de espírito de Leonid. Passados uns dois meses, um desejo veemente de trabalhar arrebatou-o como um turbilhão.

Lembro-me de que, numa noite de luar, sentado nas pedras à beira-mar, ele sacudiu a cabeça e disse:

— Basta! Amanhã começo a escrever.
— É o melhor que você pode fazer.
— Exatamente.

E começou a falar de seus planos com bom humor, como não falava havia muito tempo.

— Antes de mais nada, meu caro, escreverei um conto sobre o despotismo da amizade. Acertaremos as contas, seu malvado!

E, na hora, com facilidade e rapidez, tramou um conto humorístico sobre dois amigos: um sonhador e um matemático, o primeiro aspira subir ao céu a vida toda, e o outro calcula assiduamente os gastos das viagens imaginárias e com isso mata resolutamente os sonhos do amigo.

Mas, logo em seguida, disse:

— Quero escrever sobre Judas. Ainda na Rússia li uma poesia sobre ele, não me lembro de quem[20], um poema muito inteligente... O que acha de Judas?

Naquela época, estavam comigo a tradução de alguém da tetralogia de Julius Wecksell, *Judas e Cristo*, a tradução do conto de Tor Hedberg e o poema de Golovánov; sugeri que lesse essas obras.

— Não quero, tenho minha própria idéia, e elas podem me confundir. Melhor, conte-me: o que foi que eles escreveram? Não, não é preciso, não conte.

Como sempre acontecia nos momentos de inspiração criadora, ele se ergueu num salto – sentia necessidade de se movimentar.

—Vamos andando!

No caminho, relatou-me o conteúdo de "Judas" e três dias depois já me trouxe o manuscrito. Com este conto ele iniciou um dos períodos mais frutíferos de sua obra. Em Capri, começou a peça *Máscaras negras*, escreveu a maldosa obra humorística *O amor ao próximo*, o conto "As trevas", preparou o plano de *Sachka Jeguliov*, esboçou a peça *O oceano* e escreveu dois ou três capítulos da novela *Minhas anotações* – tudo isso no decorrer de meio ano. Essas obras e iniciativas sérias não lhe impediram de participar com vivo interesse da criação da peça *Infelizmente*, no clássico estilo popular, em verso e prosa, com canto, danças e todo tipo de opressão dos

---

20. De A. Roslavlév. (N. do A.)

infelizes lavradores russos. A lista de nomes dos personagens dá uma idéia bastante clara sobre o conteúdo da peça:

Oprimêncio – fazendeiro impiedoso.

Ferócia – sua esposa, da mesma laia.

Filistério – irmão de Oprimêncio, escrevinhador prosaico.

Decadêncio – filho degenerado de Oprimêncio.

Agüentônio – lavrador muito infeliz, mas nem sempre bêbado.

Tristela – esposa querida de Agüentônio, submissa e sensata, apesar de grávida.

Sofria – linda filha de Agüentônio.

Surracara – terrível comissário da polícia rural, que toma banho de uniforme com todas as condecorações.

Enrolário – sargento cossaco incontestável, mas na realidade o nobre conde Edmond de Ptiê.

Mótria-Sininho – esposa secreta do conde, mas, na realidade, a marquesa espanhola dona Carmen Insuportável e Intragável, que se faz passar por uma cigana.

O fantasma do crítico russo Skabitchêvski.

O fantasma de Kaklits-Iúzov.

Afanássio Schapov, num estado perfeitamente sóbrio.

"Conversávamos" – grupo de pessoas sem texto nem ação.

A ação passa-se em 'Lodo Azul', a propriedade de Oprimêncio, hipotecada duas vezes ao Banco de Nobreza e anteriormente sabe-se lá a quem.

Fora escrito um ato inteiro da peça, impregnado de alegres absurdos. Os engraçados diálogos prosaicos foram escritos pelo próprio Andrêiev que, a cada invenção sua, soltava gargalhadas feito uma criança.

Nunca antes nem depois vi Leonid tão bem-disposto e ativo, com tanta capacidade de trabalhar. Parecia ter se livrado para sempre de sua aversão ao processo da escrita e podia passar dia e noite à escrivaninha, seminu, despenteado e alegre. Sua imaginação inflamou-se de forma surpreendentemente viva e fértil, quase todo dia ele nos contava sobre o plano de uma nova novela ou conto.

— Eis que finalmente consegui me controlar! — dizia ele, triunfante.

E fazia perguntas sobre o famoso pirata Barba-Ruiva, Tommaso Aniello, os contrabandistas, os carbonários, sobre a vida dos pastores calabreses.

— Que quantidade de assuntos, que diversidade de vida! — admirava-se ele. — Sim, essa gente acumulou alguma coisa para deixar aos descendentes. E, quanto a nós: peguei um dia o livro *A vida dos czares russos* e li: eles só comem! Comecei a ler *História do povo russo*: ele só sofre! Larguei, só dá desgosto e tédio.

Mas, contando sobre seus intentos de uma maneira expressiva e pitoresca, ele escrevia com desmazelo. Na primeira revisão do conto "Judas", os vários erros encontrados mostraram que ele nem se deu ao trabalho de reler o Evangelho. Quando lhe diziam que 'duque de Spadaro' para os italianos soa tão ridículo quanto 'o príncipe dos Sapateiros' para os russos, ou que o cão São Bernardo não existia no século XII, ele se zangava:

— São ninharias.

— Não se diz: "Eles bebem vinho como os camelos" sem acrescentar "bebem água"!

— Besteira!

Tratava seu talento como um mau cavaleiro trata um belo corcel, galopava nele sem dó nem piedade, mas não o amava nem cuidava dele. Sua mão mal tinha tempo de traçar os complicados desenhos de sua exuberante imaginação, e ele não se preocupava em desenvolver nela vigor e habilidade. Às vezes ele mesmo entendia que isso era um grande obstáculo para o crescimento normal de seu talento.

— Minha língua entorpece e sinto que fica cada vez mais difícil encontrar a palavra certa.

Procurava hipnotizar o leitor pela monotonia da frase, mas sua beleza deixava de ser convincente. Envolvendo o pensamento num algodão de palavras de tom escuro-monótono, ele o desnudava demais e dava a impressão de que escrevia diálogos populares com temas filosóficos.

Em poucas ocasiões ele sentia isso e ficava aflito:

— A teia de aranha... gruda, mas não é resistente! Sim, é preciso ler Flaubert; parece que você tem razão: ele realmente descende de um daqueles pedreiros geniais que ergueram os templos indestrutíveis da Idade Média.

Em Capri, contaram a Leonid um episódio que ele aproveitou para escrever o conto 'As trevas'. O herói do episódio era um revolucionário, meu conhecido e boa pessoa. Na verdade, o episódio era muito simples: uma garota da 'casa de tolerância' intuitivamente reconheceu em seu 'cliente' um revolucionário que, acossado por agentes da polícia, foi forçado a parar naquela casa; tratou-o com ternura e cuidados maternos e com o tato de uma mulher bem capaz de sentir respeito por um herói. E o herói, um homem espiritualmente desajeitado, livresco, respondeu ao movimento cordial da mulher com um sermão de moral, lembrando-lhe o que ela queria esquecer naquela hora. Ofendida com isso, deu-lhe uma bofetada e bem merecida, a meu ver. Então, ao compreender a grosseria de seu erro, ele pediu desculpas e beijou a mão dela; parece-me que esse último gesto ele poderia ter dispensado. Eis tudo.

Infelizmente, são raros os casos em que a realidade é mais verossímil e bonita num conto sobre ela, mesmo o mais talentoso.

Dessa vez foi justamente assim, mas Leonid deturpou o sentido e a forma do incidente. No prostíbulo real não havia o escárnio torturante e sórdido sobre o homem e nenhum daqueles detalhes terríveis com que Andrêiev recheou seu conto em profusão.

Essa deformação teve um efeito muito penoso para mim: foi como se Leonid tivesse cancelado, aniquilado a festa que eu esperava longamente e com ansiedade. Conheço muito bem as pessoas para não saber apreciar de modo elevado a mínima manifestação de sentimentos bons e honestos. Naturalmente, eu não poderia deixar de apontar a Andrêiev o sentido de seu ato, que para mim foi equivalente a um assassinato por capricho, um capricho maldoso. Ele apelou à liberdade do artista, mas isso não mudou a minha atitude e até hoje não me convenci de que manifestações tão raras de sentimentos humanos ideais podem ser deturpadas arbitrariamente por um artista para agradar seu dogma predileto.

Conversamos muito sobre este assunto e, embora nossa conversa tivesse um caráter pacífico e amigável, a partir daquele momento algo se rompeu entre mim e Andrêiev.

O final dessa conversa é memorável para mim:

— O que você quer? — perguntei a Leonid.

— Não sei — respondeu ele, dando de ombros, e fechou os olhos.

— Mas você deve ter algum desejo, que sempre está na frente dos outros ou surge com maior freqüência do que os outros?

— Não sei — repetiu ele. — Acho que não tenho nada parecido. Aliás, sinto às vezes que para mim seria necessário ter fama, muita fama, tanta quanto o mundo inteiro poderia me dar. Então, eu a concentraria em mim, a comprimiria até os limites possíveis e, quando ela recebesse a força de uma substância explosiva, eu explodiria, iluminando o mundo com uma nova luz. E, depois disso, as pessoas começariam a viver com uma nova razão. Veja, é preciso ter uma nova razão e não esse trapaceiro mentiroso! Ele tira o melhor da minha carne, todos os meus sentimentos e, prometendo devolver com juros, não devolve nada, dizendo: amanhã! É a evolução — diz ele. E quando a minha paciência se esgota, quando a sede de viver me sufoca, ele diz:"É a revolução". E me engana de uma maneira sórdida. E eu morro sem ter recebido nada.

—Você precisa de fé, não de razão.

—Talvez. Mas se é isso, fé em mim mesmo, em primeiro lugar.

Ele corria agitado pelo quarto, depois se sentou à mesa e, gesticulando com a mão diante do meu rosto, prosseguiu.

— Eu sei que Deus e o Diabo são apenas símbolos, mas me parece que toda a vida dos homens, todo o sentido dela está em ampliar infinitamente esses símbolos, alimentando-os com o sangue e a carne do mundo. Depois de ceder até o fim todas as nossas forças a essas duas contradições, a humanidade desaparecerá, enquanto eles se tornarão realidades de carne e osso e viverão no vazio do universo, face a face, invencíveis e imortais. Não há sentido nisso? Mas não existe sentido em parte alguma, em nada.

Ele empalideceu, seus lábios tremiam, nos olhos brilhava secamente o pavor.

Exausto, acrescentou a meia voz:

— Imaginemos o Diabo como uma mulher e Deus como um homem, e que eles dêem à luz um novo ser, também dúbio, é claro, como você e eu. Igual a nós...

Ele partiu de Capri, de repente; ainda um dia antes da viagem dizia que logo se sentaria à escrivaninha e ficaria escrevendo uns três meses, mas na mesma noite disse-me:

— Sabe, resolvi ir embora daqui. Precisamos viver na Rússia, senão uma leviandade de opereta tomará conta da gente. Dá vontade de escrever *vaudevilles, vaudevilles* com canto. No fundo, a vida aqui não é verdadeira, mas uma ópera, aqui cantam muito mais do que pensam. Romeu, Otelo e outros desse gênero foram inventados por Shakespeare, os italianos não têm capacidade para tragédias. Aqui não poderiam nascer nem Byron nem Poe.

— E Leopardi?

— Bem, Leopardi... Mas quem o conhece? É um daqueles de quem falam, mas não são lidos...

Na despedida, disse-me:

— Isso aqui, Aleksêiuchka[21], é um Arzamás, um Arzamás bem alegre, não mais do que isso.
— Mas lembra como você estava encantado?
— Antes do casamento, todos nós estamos encantados... Vai partir logo daqui? Parta, já está na hora. Está ficando parecido com um monge...

Vivendo na Itália, sentia-me muito alarmado com a situação na Rússia. A partir do ano de 1911, falavam em volta de mim com convicção de que uma guerra européia era inevitável e que, provavelmente, ela seria fatal para os russos. Minha inquietação aumentava, sobretudo pelos fatos que apontavam claramente para algo doentio e obscuro no mundo espiritual do grande povo russo. Lendo um livro sobre as desordens agrárias nas províncias da Grã-Rússia, editado pela Sociedade Econômica Livre, vi que essas desordens tinham um caráter particularmente cruel e sem sentido. Estudando, pelos relatórios da Câmara Judicial, o caráter dos crimes cometidos entre a população na circunscrição judicial de Moscou, fiquei pasmo com a tendência dessa criminalidade, que se expressava em numerosos casos de atentados contra indivíduos e também na violação de mulheres e corrupção de menores. Ainda antes disso, foi uma surpresa desagradável para mim o fato de que, na Segunda Duma, havia uma quantidade significativa de clérigos, pessoas do mais puro sangue russo, porém, dessa gente nunca saiu nenhum talento nem grande estadista. E havia muitas outras coisas que confirmavam minha atitude cética e alarmada em relação ao destino do povo grão-russo.

Ao chegar à Finlândia, encontrei-me com Andrêiev e, conversando com ele, falei dos meus pensamentos sombrios. Ele objetava

---

21. Diminutivo de Aleksêi. (N. de T.)

com ardor e até com ar de ofendido, mas suas objeções pareceram-me pouco convincentes: ele não tinha fatos.

Mas, de repente, baixando o tom e apertando os olhos, como que examinando atentamente o futuro, ele começou a falar do povo russo usando palavras incomuns para ele, com voz entrecortada, frases sem nexo e com uma grande e, sem dúvida, sincera convicção.

Não posso e, mesmo se pudesse, não gostaria de reproduzir esse discurso; a força dele não estava na lógica nem na beleza, mas no sentimento de pungente compaixão pelo povo, sentimento que, com tal força e de tal forma, eu não julgava Leonid capaz de ter.

Nessa tensão nervosa, ele tremia todo, soluçando como uma mulher e, quase em prantos, gritava-me:

— Você chama a literatura russa de regional porque a maioria dos grandes escritores russos é da região de Moscou? Está bem, que seja, mas mesmo assim é uma literatura mundial, é a criação mais séria e vigorosa da Europa. Basta o gênio de um Dostoiévski para justificar até a vida sem sentido, até a vida criminosa de milhões de pessoas. E que o povo esteja espiritualmente doente – nós vamos tratá-lo, vamos lembrar aquilo que foi dito por alguém: "A pérola só se forma numa concha doente".

— E a beleza do animal? — perguntei.

— E a beleza da paciência do homem, da docilidade, do amor? — retrucou ele. E continuou falando do povo e da literatura com ardor e paixão cada vez maiores.

Era a primeira vez que ele falava com tanta paixão e lirismo, eu já havia ouvido antes suas declarações de amor apenas às pessoas de talento com quem tinha afinidade espiritual, a Edgar Poe mais que aos outros.

Logo após essa conversa, estourou a odiosa guerra, e a atitude diante dela separou-nos ainda mais.

Somente no ano de 1915, quando começou a odiosa onda de anti-semitismo surgida no exército, e Leonid, junto com outros escritores, entrou na luta contra a expansão dessa pestilência, é que nós conversamos, um dia. Cansado, mal-humorado, ele andava pelo quarto, uma mão enfiada atrás do cinto e a outra agitando-se no ar. Seus olhos escuros estavam sombrios. Perguntou-me:

— Pode-me dizer, francamente, o que faz você perder tempo com a luta inútil contra os anti-semitas?

Respondi que os judeus, em geral, eram-me simpáticos, que a simpatia é um fenômeno 'bioquímico' e não se explica.

— Mas, assim mesmo?

— O judeu é crente, sua fé é uma qualidade por excelência e eu gosto dos crentes, gosto dos fanáticos por tudo – ciências, artes, política. Embora saiba que fanatismo é uma espécie de narcótico, mas os narcóticos não produzem efeito em mim. Junte isso à vergonha que sente um russo porque em sua casa, em sua pátria, constantemente acontecem coisas vergonhosas e sórdidas em relação aos judeus.

Leonid deixou-se cair pesadamente no sofá, dizendo:

— Você é homem de extremos, eles também, eis a questão! Alguém disse: "Um bom judeu é Cristo, um mau é Judas". Mas eu não gosto de Cristo. Dostoiévski tinha razão: Cristo era um grande embromador.

— Dostoiévski não disse isso, foi Nietzsche...

— Está bem, Nietzsche. Se bem que justamente Dostoiévski devia ter dito isso. Alguém tentava me provar que, no íntimo, Dostoiévski detestava Cristo. Eu também não gosto de Cristo nem do cristianismo; o otimismo é uma invenção repugnante, totalmente falsa...

— Por acaso o cristianismo parece-lhe otimista?

— É claro, o Reino de Deus e outras tolices. Acho que Judas não foi judeu, mas grego, heleno. Ele, meu caro, era um homem inteligente, temerário. Você já pensou alguma vez na variedade dos motivos para trair? São infinitamente diversos. Azef tinha sua própria filosofia, é bobagem pensar que ele traía só por dinheiro. Sabe, se Judas tivesse certeza de que na pessoa de Cristo estava diante dele o próprio Jeová, mesmo assim ele o trairia. Matar Deus, humilhá-lo com uma morte infamante, isso, meu caro, não é uma coisinha de nada!

Ficou falando muito tempo sobre Eróstrato e, como sempre, quando lançava-se nesse tipo de pensamento, dizia coisas interessantes, com emoção, aguilhoando sua imaginação com os paradoxos mais fortes. Nesses momentos, seu rosto, de beleza um tanto rude mas frio, tornava-se mais fino, espiritualizado, e seus olhos escuros, com evidente brilho de medo, ardiam com audácia, beleza e orgulho.

Depois voltou ao começo da conversa:

— Mas sobre os judeus, alguma coisa você está preparando, olha quanta literatura tem aqui! Eu não gosto deles, eles me constrangem. Sinto-me na obrigação de lhes fazer cumprimentos, tratá-los com cuidado. Isso me dá a vontade de lhes contar piadas divertidas de judeus, nas quais sempre se acentua com lisonja e gabolice o espírito deles. Mas não sei contar piadas e nunca fico à vontade com os judeus. Julgam-me culpado das desgraças em sua vida; como posso estar em pé de igualdade, se para eles sou um criminoso, um opressor, um daqueles que fazem *pogroms*?

— Então você entrou nessa sociedade em vão, para que se violentar?

— E a vergonha? Você mesmo falou: vergonha. Afinal, o escritor russo deve ser liberal, socialista, revolucionário e o diabo sabe mais o quê! E menos do que tudo – ser ele mesmo.

E acrescentou, dando um risinho:

— Por este caminho foi meu bom amigo Górki e sobrou dele um lugar respeitável, porém vazio. Não se zangue.

— Continue.

Ele se serviu de chá forte e, com a visível intenção de me alfinetar, começou a denegar grosseiramente o excelente e rigoroso talento de Ivan Búnin: não gostava dele. De repente, em tom entediado, disse:

— E eu me casei com uma judia!

Quase não nos víamos; somente em 1916, quando ele me trouxe seus livros, tornamos a sentir profundamente o quanto fora vivido por nós e que camaradas antigos éramos. Porém, podíamos conversar sem discutir, apenas falando do passado; já o presente levantava entre nós um muro alto de divergências irreconciliáveis.

Não vou trair a verdade se disser que, para mim, esse muro era transparente e permeável, atrás dele eu via um homem de grande porte, singular, muito próximo de mim no decorrer de dez anos e o único amigo no meio dos literatos.

As divergências conceituais não deveriam ter influência sobre a simpatia; eu nunca dei às teorias e às opiniões um papel decisivo em minhas relações com as pessoas.

Leonid Andrêiev sentia diferente. Mas não o culpo por isso, porque era assim como queria e sabia ser – homem de rara originalidade, de raro talento e bastante corajoso em sua busca da verdade.

1919.

Como me tornei um escritor

Camaradas!

Em todas as cidades onde tive a oportunidade de conversar com vocês, muitos me perguntaram pessoalmente ou por bilhetinhos: "como me tornei escritor". Correspondentes operários, rurais e de guerra, bem como jovens iniciantes na carreira literária de todos os cantos da União Soviética, perguntavam-me por carta sobre isso. Muitos sugeriram que eu "escrevesse um livro sobre como se deve escrever literatura", "elaborasse uma teoria da literatura", "editasse um manual de literatura". Não posso nem saberia fazer um manual; além do mais, já existem manuais desse tipo e, mesmo que não sejam muito bons, são úteis.

Para os que começam a escrever, é necessário ter conhecimento da história da literatura; para isso, é útil o *História da literatura*, de V. Keltuial, editado pela Gossizdat; nele se representou bem o processo de desenvolvimento da criação oral, a 'popular', e a escrita, a 'literária'. Em cada ofício é preciso conhecer a história de seu desenvolvimento. Se os operários de cada setor de produção, ou melhor, de cada fábrica, soubessem como esta surgiu, como pouco a pouco se desenvolveu, aperfeiçoando a produção, trabalhariam melhor do que trabalham, com uma compreensão mais profunda do sentido histórico e cultural de seu labor e com maior entusiasmo.

É necessário também conhecer a história da literatura estrangeira, porque, em sua essência, a criação literária em todos os países e de todos os povos é igual. A questão não é a relação formal, externa, nem que Púchkin tenha sugerido a Gógol o tema de *Almas mortas*; o próprio Púchkin, provavelmente, emprestou-o de *Uma viagem sentimental*, do escritor inglês Stern; não importa a semelhança temática entre *Almas mortas* e *As aventuras do sr. Pickwick*, de Dickens, o importante é verificar que, em todo lugar e há muito tempo, vem sendo tecida uma rede para 'captar a alma humana', que sempre e em todos os lugares houve e há pessoas que tinham e têm, como objetivo de seu trabalho, libertar o homem de superstições, prejulgamentos e preconceitos. É importante saber que, por toda parte, quiseram e querem tranqüilizar as pessoas com futilidades que lhe são agradáveis e que, em todo lugar, sempre houve e há rebeldes que procuravam e procuram se sublevar contra a realidade suja e vil. E é muito importante saber que, no fim das contas, os rebeldes, mostrando às pessoas o caminho e levando-as adiante, acabam superando o trabalho dos pregadores do apaziguamento e da resignação com as torpezas da realidade, engendradas pelo estado de classes, pela sociedade burguesa que contaminava e contamina o povo trabalhador com os vícios vis da cobiça, da inveja, da preguiça e da aversão ao trabalho.

A história do trabalho e da criação humana é muito mais interessante e significativa do que a história do homem: o homem morre antes de completar cem anos, mas sua obra vive através dos séculos. Os fabulosos sucessos da ciência e a rapidez de seu progresso devem-se justamente ao fato de o cientista conhecer a história do desenvolvimento de sua especialidade. Entre a ciência e a literatura há muito em comum: a observação, a comparação e o estudo desempenham o papel principal, tanto em uma quanto em outra; o artista, assim como o cientista, deve ter imaginação e suposição, ou seja, 'intuição'.

A imaginação e a suposição formam os elos que faltam, que ainda não foram encontrados na cadeia dos fatos e que permitem ao cientista criar 'hipóteses' e teorias que dirigem, de forma mais ou menos infalível e bem-sucedida, a busca da razão, busca esta que estuda as forças e os fenômenos da natureza e, submetendo-os gradativamente à razão e à vontade do homem, cria a cultura, que é nossa, por nossas vontades e nossa razão criada, 'segunda natureza'.

Dois fatos o confirmam muito bem: o famoso químico Dmitri Mendelêiev, baseando-se nos estudos de todos os elementos conhecidos – ferro, chumbo, enxofre, mercúrio e assim por diante –, criou o Sistema Periódico de Elementos, que afirma que na natureza deveriam existir muitos outros elementos ainda não encontrados e não descobertos; ele mostrou indícios, como o peso específico, de cada um desses elementos desconhecidos. Hoje, todos foram descobertos e, além deles, encontraram mais alguns pelo método de Mendelêiev, sobre cuja existência nem ele supunha.

Outro fato: o romancista francês Honoré de Balzac, um dos maiores artistas, ao observar a psicologia das pessoas, mostrou em um de seus romances que no organismo do homem agem, provavelmente, certos sucos potentes, desconhecidos à ciência, cuja existência explica diferentes qualidades psíquicas e físicas do organismo. Passaram-se algumas dezenas de anos e a ciência descobriu no organismo humano glândulas, antes desconhecidas, que produzem esses sucos, os 'hormônios', e elaborou uma doutrina importantíssima sobre 'secreção interna'. Tais coincidências no trabalho criativo de cientistas e grandes literatos não são raras. Lomonóssov e Goethe eram ao mesmo tempo poetas e cientistas, assim como o romancista Strindberg, em seu romance *O capitão Col*, foi o primeiro a falar da possibilidade de obter azoto do ar.

A arte literária, a arte de criar caracteres e 'tipos', exige imaginação, suposição, 'inventividade'. Se o literato, ao descrever algum comerciante, funcionário ou operário que ele conheça, fizer apenas um retrato mais ou menos acertado dessa pessoa, este não passará de uma fotografia, desprovida de importância social e educativa, e quase nada acrescentará à ampliação e ao aprofundamento de nossos conhecimentos sobre o homem e a vida.

Mas se o escritor conseguir abstrair de cada um dos vinte, cinqüenta, cem comerciantes, funcionários ou operários os traços mais característicos da classe, hábitos, gostos, gestos, crenças, modo de falar e assim por diante, conseguir abstrair e juntar todos eles em um comerciante, funcionário ou operário, com essa técnica ele criará um 'tipo' e, com isso, sua arte. A amplitude das observações, a riqueza da experiência de vida muitas vezes armam o artista com uma força que supera sua própria atitude, seu subjetivismo, diante dos fatos. Balzac, de forma subjetiva, foi adepto do regime burguês, mas, em seus romances, ele retratou a vulgaridade e a vilania da pequena-burguesia com uma nitidez surpreendente e impiedosa. Há muitos exemplos em que o artista é um historiador objetivo de sua classe, de sua época. Nesses casos, a importância do trabalho do artista equivale ao trabalho do cientista-naturalista, que pesquisa as condições de existência e alimentação dos animais, as causas de sua proliferação e extinção, e retrata a encarniçada luta desses animais pela sobrevivência.

Nessa luta pela sobrevivência, o instinto de autodefesa desenvolveu no homem duas forças potentes: o conhecimento e a imaginação. O conhecimento significa a capacidade de observar, comparar e estudar os fenômenos da natureza e os fatos da vida social; numa palavra, o pensamento. A imaginação, no fundo, é também pensamento sobre o mundo, mas um pensamento em imagens, de preferência 'artístico'; pode-se dizer que a imaginação é a capacidade de conferir aos fenômenos naturais espontâneos e aos objetos certas propriedades, sentimentos e até intenções humanas.

Nós lemos e escutamos: "o vento chora", "geme", "a lua contemplativa brilha", "o rio murmurava cantigas antigas", "a floresta cerrou o cenho", "a vaga queria remover a pedra, a pedra se contorcia com seus golpes, mas não se entregava", "a cadeira grasnou como um pato", "a bota não quis entrar no pé", "a vidraça suou", embora não tenha glândulas sudoríparas.

Tudo isso torna os fenômenos naturais mais compreensíveis para nós e chama-se 'antropomorfismo', do grego *ántropos* (homem) e *morfé* (forma). Aí nós reparamos que o homem transfere suas qualidades a tudo que vê, enxerga-as por toda parte, em todos os fenômenos da natureza, em todas as coisas criadas com seu trabalho, com sua inteligência. Há pessoas que acham o antropomorfismo descabido e mesmo prejudicial à literatura, mas elas mesmas dizem: "o frio cortava as orelhas", "o sol sorria", "maio chegou"; elas não podem deixar de falar: "vem chuva", embora a chuva não tenha pernas; "o tempo é traiçoeiro", embora os fenômenos da natureza não estejam sujeitos a nossas avaliações morais.

Xenófanes, um dos filósofos da Grécia antiga, afirmava que, se os animais tivessem imaginação, os leões imaginariam Deus como um enorme e invencível leão, as ratazanas, como uma ratazana, e assim por diante. Certamente, o Deus dos pernilongos seria pernilongo, e o dos bacilos da tuberculose, bacilo. O homem imaginou seu Deus onisciente e onipotente, 'criador de todo o Universo', isto é, dotou-lhe de suas maiores aspirações. Deus é apenas uma 'invenção' humana, gerada por 'uma existência penosamente pobre' e por uma vaga aspiração de fazer, com sua própria força, a vida mais rica, fácil, justa e bonita. Deus foi elevado pelo homem acima da vida real, na qual ocorre uma luta cruel pelo pão de cada dia, porque não havia nela lugar para as qualidades e os anseios nascidos no processo de seu trabalho.

Vemos que, ao se darem conta da necessidade de reformar a vida para liberar o desenvolvimento daquilo que têm de melhor, as pessoas de vanguarda da classe operária não precisaram mais de Deus, como de uma invenção antiga. A necessidade de depositar em Deus tudo o que elas têm de melhor desapareceu, porque ficou claro como transformar essas coisas boas em realidade viva na Terra.

Deus foi criado como se criam 'tipos' literários, pelas leis da abstração e da concretização. 'Abstraem-se' ou destacam-se as proezas características de muitos heróis, e depois esses traços são 'concretizados' ou sintetizados em um herói, Hércules, por exemplo, ou Iliá Múrometz, um mujique de Riazan; destacam-se traços mais naturais de todo mercador, fidalgo ou mujique e sintetizam-se na pessoa de um mercador, fidalgo ou mujique e, dessa maneira, recebemos um 'tipo literário'. Com esse método foram criados as personagens de Fausto, Hamlet, Dom Quixote; e, da mesma forma, Liev Tolstói retratou o dócil e 'morto por Deus' Platon Karatáiev; Dostoiévski, os vários Karamázov e Svidrigáilov; Gontcharov, Oblómov, e assim por diante.

As pessoas que mencionamos não existiram na vida; existiram e existem pessoas semelhantes a elas, bem mais insignificantes, menos íntegras, e a partir delas, das insignificantes, assim como se constroem torres ou campanários de tijolos, os literatos chegaram a idear, 'fantasiar' 'tipos' gerais que se tornaram tipos comuns. Um mentiroso qualquer nós chamamos de Khlestakov, um bajulador de Moltchálin, um hipócrita de Tartufo, um ciumento de Otelo etc.

São duas as principais 'tendências' ou correntes em literatura: o romantismo e o realismo. Chama-se de realismo uma representação verídica, nua e crua das pessoas e de suas condições de vida. Há várias formas de romantismo, porém ainda não existe, não foi elaborada uma fórmula precisa e mais completa, com a qual concordassem todos os historiadores da literatura. No romantismo, é preciso distinguir também duas correntes bastante distintas: o romantismo passivo, que procura ou conciliar o homem com a realidade, embelezando-a, ou desviá-lo da realidade para um aprofundamento estéril em seu mundo interior, para os pensamentos sobre 'os mistérios fatais da vida', sobre o amor, a morte – mistérios que não se solucionam por 'especulações' ou contemplações, mas podem ser solucionados somente pela ciência. O romantismo ativo quer fortalecer a vontade que o homem tem de viver, despertar nele uma revolta contra a realidade, contra qualquer opressão.

Mas sobre os escritores clássicos, tais como Balzac, Turguêniev, Tolstói, Gógol, Leskov, Tchékhov, é difícil dizer com precisão suficiente o que eles são, românticos ou realistas? Nos grandes artistas, o realismo e o romantismo parecem estar juntos. Balzac é realista, mas escreveu romances como *A pele de Onagro*, uma obra que está muito longe de ser realista. Turguêniev também escrevia obras de espírito romântico, assim como todos os nossos outros grandes escritores, de Gógol a Tchékhov e Búnin. Essa união do romantismo com o realismo é característica particular de nossa grande literatura e lhe dá a originalidade e a força que exercem influência cada vez mais notável e profunda sobre a literatura do mundo inteiro.

A relação recíproca entre o realismo e o romantismo ficará mais clara para vocês, camaradas, quando atentarem à pergunta: "Por que surge a vontade de escrever?". Há duas respostas para essa questão, e uma delas de minha correspondente, uma menina de quinze anos, filha de um operário. Diz ela em sua carta:

> Tenho quinze anos, mas mesmo tão jovem surgiu em mim o talento de escritora, cuja causa foi uma vida penosamente pobre.

Seria mais correto, é claro, se ela dissesse não "talento de escritora", mas desejo de escrever, para embelezar com sua 'capacidade inventiva' sua "vida penosamente pobre". E aí surge a pergunta: sobre o que se pode escrever tendo "vida pobre"?

Ela é respondida pelos povos das regiões do Volga, dos Urais, da Sibéria. Ainda ontem, muitos deles nem tinham literatura escrita, mas por dezenas de séculos, e até hoje, enriquecem e adornam sua "vida penosamente pobre" nas florestas cerradas, nos pântanos, nas estepes desertas do Oriente e na tundra do Norte, com canções, contos populares infantis, lendas sobre heróis, mitos sobre deuses; essas fantasias chamam-se 'criação religiosa', mas, em sua essência, elas são também criações artísticas.

Se em minha correspondente de quinze anos realmente houvesse talento, o que, entenda-se, eu lhe desejo de todo coração, ela provavelmente escreveria as chamadas obras 'românticas', procurando enriquecer sua "vida penosamente pobre" com invenções bonitas, retrataria as pessoas melhores do que elas são. Gógol escreveu *A briga entre os dois Ivans*, *Os senhores de terras dos tempos antigos*, *Almas mortas*, e foi ele também quem escreveu *Taras Bulba*. Nas primeiras três obras, ele retratou personagens com 'almas mortas', e isso é uma verdade pavorosa; havia e até hoje há pessoas assim; retratando-as, Gógol escrevia como 'realista'.

Na novela *Taras Bulba*, ele representou os cossacos de Zaporójie como cavaleiros devotos, como homens robustos que levantavam o inimigo nas lanças, apesar de lanças de madeira não suportarem o peso de cinco *puds* sem quebrar. Na realidade, não existiram cossacos de Zaporójie desse tipo, e o conto de Gógol sobre eles é uma inverdade bonita. Nessa novela, como no conto "Panka, o ruivo" e em muitos outros, Gógol é romântico porque cansou de observar a vida 'penosamente pobre' das 'almas mortas'.

O camarada Budiônni criticou o livro de Bábel *Cavalaria vermelha*; acho que não devia ter feito isso: o próprio camarada Budiônni gostava de embelezar o exterior, não apenas de seus combatentes como dos cavalos. Já Bábel embelezou os combatentes por dentro e, a meu ver, melhor e com maior veracidade do que Gógol fez com os cossacos de Zaporójie.

Em grande parte, o homem ainda é uma fera e, ao mesmo tempo, ainda um adolescente, no sentido cultural, e é muito útil elogiá-lo e embelezá-lo: isso eleva seu respeito por si mesmo e o ajuda a desenvolver confiança em sua capacidade criativa. Além disso, há razão para elogiar o homem: tudo o que há de bom e valioso para a sociedade é criado com sua força e vontade.

Será que tudo o que eu disse significa que afirmo a necessidade do romantismo na literatura? Sim, eu o defendo, mas com a condição de acrescentar ao 'romantismo' algo essencial.

Outro correspondente meu, operário de dezessete anos, exclama: "Tantas coisas me impressionam que não posso deixar de escrever".

Nesse caso, a aspiração de escrever não se explica pela 'pobreza' da vida, mas sim por sua riqueza, pelo excesso de impressões, um impulso interno de contar sobre elas. A maioria de meus correspondentes jovens quer escrever porque estão repletos de impressões da vida, 'não conseguem calar' sobre aquilo que viram e sobre as experiências que tiveram.

Deles certamente se formarão muitos 'realistas', mas creio que em seu realismo haverá sinais do romantismo, o que é inevitável e legítimo em época de saudável entusiasmo espiritual; e nós vivemos justamente esse entusiasmo.

Bem, à pergunta: Por que me tornei escritor?, eu respondo: por força da pressão que senti da "vida penosamente pobre" e porque tive tantas impressões que 'não podia deixar de escrever'. A primeira causa obrigou-me a procurar introduzir na vida 'pobre' invenções e 'inventividades' como o "Conto sobre o falcão e a cobra", "Lenda sobre o coração que arde", "A canção do albatroz"; a segunda causa fez com que começasse a escrever contos de caráter 'realista' – "Os vinte seis e uma", "O casal Orlov", "O traquinas".

Sobre nosso 'romantismo' é preciso saber o seguinte: antes dos contos de Tchékhov "Os mujiques", "No barranco", e de "A aldeia", de Búnin, além de todos os seus contos sobre os camponeses, nossa literatura da nobreza apreciava e sabia muito bem representar o camponês como uma pessoa dócil, paciente, apaixonada por não sei que etérea 'verdade de Cristo', que não tem lugar na realidade, mas com a qual sonham mujiques como Kalínitch, do conto de Turguêniev "Khor e Kalínitch" e Platon Karatáiev, do romance *Guerra e paz*, de Tolstói. Começaram a retratar o camponês como um sonhador dócil e seguro na 'verdade de Deus' uns vinte anos antes da abolição da servidão, embora, naquela época, a aldeia de servos, em seu ignorante seio, já produzisse em abundância talentosos organizadores industriais: os Kókorev, Gubónin, Morózov, Koltchin, Juravliov e assim por diante. Além desse processo, o jornalismo recordava, cada vez mais freqüentemente, a colossal e lendária figura advinda dos 'mujiques' que era Lomonóssov, poeta e um dos maiores cientistas.

Os fabricantes, construtores navais, comerciantes, que ainda ontem eram privados de direitos, já ocupavam firmemente seu lugar na vida ao lado da nobreza e, à semelhança dos 'libertos' escravos romanos, sentavam-se à mesa com seus senhores. Destacando essas pessoas, a massa camponesa como que demonstrava sua força e seu talento latentes. Mas a literatura da nobreza fazia de conta que não via, não sentia isso e não retratava o herói de sua época como homem enérgico, sequioso da vida, o homem real, um construtor, um ambicioso, um 'patrão' e continuava retratando com afeto um escravo dócil, um conscienzio Polikuchka.

Em 1852, Liev Tolstói escreveu o tristíssimo ensaio *A manhã de um senhor*, com uma bela narração sobre os escravos que não acreditavam em seu bom e liberal senhor. A partir do ano 1862, Tolstói começa a se ocupar com a educação dos filhos de camponeses, negar o 'progresso' e a ciência, persuadido a aprender a viver bem com os mujiques; e, nos anos 1870, escreve contos para o 'povo', retratando neles mujiques amantes de Cristo, romantizados, ensinando que a vida mais justa e bem-aventurada é a vida no campo, e que o trabalho mais sagrado é o trabalho dos mujiques 'na terra'. Mais tarde, no conto "De quanta terra precisa um homem", diz que ao todo a pessoa precisa apenas de três *archins*[1] para sua sepultura.

A vida já transformava os dóceis amantes de Cristo em construtores de novas formas da economia, em talentosos 'burgueses', grandes e pequenos, abutres como os Razuváiev e Kolupáiev, retratados por Saltikov-Schedrin e Gleb Uspiênski, e, ao lado dos abutres, surgiam os rebeldes e revolucionários. Mas nenhuma dessas pessoas foram notadas pela literatura da nobreza. Em seu romance *Oblómov*, um dos melhores romances de nossa literatura, Gontcharov opôs ao senhor russo, que de tão preguiçoso chegou à debilidade mental, um alemão e não um dos 'antigos' mujiques russos, entre os quais vivia ele, Gontcharov, e que já começavam a comandar a vida econômica do país. Mesmo quando os escritores da nobreza retratavam um revolucionário, ele era ou um estrangeiro, búlgaro, ou um rebelde da boca para fora como Rúdin. O homem russo, o enérgico e ativo herói da época, ficava fora da literatura, fora do 'campo visual' dos literatos, apesar de se pronunciar de forma bem barulhenta – jogando bombas. Pode-se dar muitas

---

1. Medida antiga russa equivalente a 0,71m. (N.de T.)

provas de que o romantismo ativo, que apela à vida, à ação, era alheio à literatura russa da nobreza. Ela não conseguiu criar seu Schiller e, em vez de *Os assaltantes*, retratava de modo excelente *Almas mortas*, *O cadáver vivo*, "Casas mortas", "Esqueletos vivos", "Três mortes", e muitas outras mortes. *Crime e castigo* foi escrito por Dostoiévski também como que em contraposição a *Os assaltantes* de Schiller, enquanto seu *Os demônios* é a mais talentosa e a mais perversa de todas as inúmeras tentativas de difamar o movimento revolucionário dos anos 1870.

O romantismo ativo, social-revolucionário, era alheio também à literatura dos intelectuais que não pertenciam à nobreza. O intelectual preocupava-se mais com seu próprio destino, com a procura de seu papel no drama da vida. Ele vivia 'entre a bigorna e o martelo', onde o martelo era a autocracia, e a bigorna, o 'povo'.

As novelas *Tempos difíceis*, de Sleptsov, e *Memórias de um nem pavão nem gralha*, de Óssipovitch-Novodvórski, são obras bastante verídicas e fortes; elas descrevem a situação trágica de pessoas inteligentes que não tinham uma base firme na vida e não eram 'nem pavões nem gralhas' ou tornavam-se pequenos-burgueses bem-sucedidos, como contou Kuschêvski e também Pomialóvski, um escritor talentoso, inteligente e não suficientemente apreciado, em suas novelas *Molotov* e *A felicidade pequeno-burguesa*. Aliás, suas duas novelas são bem atuais e muito úteis para nossos dias, quando o pequeno-burguês, voltando à vida, começa a construir, com êxito suficiente, seu sucesso medíocre no país em que a classe operária pagou com uma torrente de sangue por seu direito de construir a cultura socialista.

Os escritores chamados populistas – Zlatovrátski, Zassodímski-Vólogdin, Levítov, Nefédov-Bájin, Nikolái Uspiênski, Ertel, em parte Staniukóvitch, Karónin-Petropávloski e muitos outros, ocupavam-se, com zelo e fazendo coro com a literatura da nobreza, na idealização da aldeia, do camponês que lhes parecia socialista populista por natureza, sem ter noção de outras verdades, a não ser a da 'comunidade', 'membros da comunidade', ou seja, o coletivo. O primeiro a incutir essa maneira de ver os camponeses foi o brilhante e talentoso senhor A. I. Herzen. N. K. Mikhailóvski, inventor de duas verdades, continuou sua prédica: 'a verdade – pura verdade' e 'a verdade – justiça'. A influência desse grupo de literatos para 'a sociedade' foi precária e durou pouco tempo; seu 'romantismo' distinguia-se do romantismo da nobreza apenas pelo fraco talento, seus mujiques sonhadores, os Minái e os Mitiái, eram cópias ruins dos retratos de Polikuchka, Kalínitch, Karaváiev e outros mujiques reverendos.

Aderindo a esse grupo, porém sendo socialmente mais perspicazes e muito mais talentosos do que todos, e até do que todos os populistas juntos, trabalhavam dois literatos grandíssimos: D. N. Mámin-Sibiriak e Gleb Uspiênski. Foram os primeiros a sentir e a assinalar as discrepâncias entre a cidade e a aldeia, o operário e o camponês. Isso estava muito claro especialmente para Uspiênski, autor de dois formidáveis livros, *Os costumes da rua Rastieriáieva* e *O poder da terra*. O valor social desses livros perdura até hoje e, em geral, a importância educativa dos contos de G. Uspiênski não se diminui; a juventude literária pode aprender a observar a habilidade desse escritor e ampliar seus conhecimentos da realidade.

O porta-voz da atitude severamente negativa à idealização do campo é A. P. Tchékhov em seus contos "Os mujiques" e "No barranco", já mencionados, e no conto "A nova datcha"; essa atitude foi expressa de forma particularmente severa por Búnin em seu "A aldeia" e em todos os seus contos sobre os camponeses. É muito significativo que a aldeia seja retratada da mesma forma implacável pelos escritores de origem camponesa Semion Podiátchev e Ivan Volnov, muito talentosos e que crescem, notavelmente, cada vez mais. Os temas sobre a vida do campo e a psicologia do camponês são vivos e atuais, extremamente importantes; os literatos principiantes devem entender bem isso.

De tudo o que se disse, conclui-se claramente que em nossa literatura não houve e ainda não há 'romantismo' como prédica de uma atitude ativa perante a realidade, como prédica do labor e de uma educação que desperte a vontade de viver, como entusiasmo de construir suas novas formas e como ódio ao velho mundo, cuja maléfica herança nós erradicamos com tanta dificuldade e sofrimento. Mas essa prédica é indispensável se realmente não queremos voltar ao espírito pequeno-burguês e, por conseguinte, ao renascimento do estado de classes, à exploração dos camponeses e dos operários por parasitas e abutres. É exatamente esse tipo de 'renascimento' que esperam e com o qual sonham todos os inimigos da União Soviética, e, justamente para obrigar a classe operária a restaurar o velho estado de classes, eles fazem o bloqueio econômico de nosso país. O literato operário deve compreender bem que a contradição entre a classe operária e a burguesia é irreconciliável e que somente a vitória ou a morte podem solucioná-la. Pois é dessa contradição trágica, da dificuldade de tarefas com as quais a história imperiosamente encarregou a classe operária, que deve surgir esse 'romantismo' ativo, esse entusiasmo de criação, a ousadia da vontade e da inteligência, e todas as qualidades revolucionárias das quais o operário russo revolucionário é rico.

Certamente, sei que o caminho para a liberdade é muito difícil e que não chegou ainda o tempo de passar a vida tranqüilamente tomando chá em companhia agradável de moças bonitas ou de ficar de braços cruzados diante do espelho 'admirando a própria beleza', propensão de muitos jovens. A realidade mostra cada vez mais, insistentemente, que nas condições atuais não há como ter uma vida tranqüilinha e se sentir feliz a dois ou sozinho, pois o bem-estar do camponês rico não pode ser sólido: as bases desse bem-estar apodreceram no mundo inteiro. Disso falam convincentemente a exasperação, o desânimo e a angústia dos pequenos-burgueses do mundo inteiro, os réquiens da literatura européia, o alvoroço desesperado com que um pequeno-burguês rico procura abafar seu medo do dia de amanhã, a sede doentia de alegrias baratas, o fomento a perversões sexuais, o crescimento da criminalidade e dos suicídios. De fato, o 'velho mundo' está doente e condenado à morte, e é necessário que "limpemos seu pó de nossos pés" bem depressa para que seus restos mortais pútridos não nos contaminem.

Enquanto na Europa está em andamento um processo de desintegração interior do homem, em nossas massas trabalhadoras desenvolve-se uma sólida confiança em sua força e na força do coletivo. Vocês, jovens, precisam saber que essa confiança sempre surge quando se vencem os obstáculos do caminho para uma vida melhor e que essa confiança é a força criativa mais poderosa. Precisam saber que, no 'velho mundo', a única coisa humana, e, por isso, de valor incontestável, é a ciência; quanto às 'idéias' do velho mundo, todas elas, exceto a idéia do socialismo, não são humanas, porque de uma maneira ou de outra procuram estabelecer e justificar a legitimidade da 'felicidade' e do poder de poucos em prejuízo da cultura e da liberdade das massas trabalhadoras.

Não me lembro de queixar-me da vida na juventude; as pessoas com quem convivi, no início de minha vida, gostavam muito de se queixar, mas ao perceber que faziam isso por astúcia, para esconder nas queixas sua má vontade de ajudar os outros, eu procurava não imitá-los. Mais tarde constatei que quem mais gostava de queixar-se eram pessoas incapazes de resistir e que não conseguiam ou não queriam trabalhar e, em geral, as que tinham gosto em levar uma 'vida fácil' à custa do próximo.

Foi uma boa experiência sentir medo diante da vida; agora eu o chamo de 'medo do cego'. Vivendo em condições muito difíceis, como já relatei, observei desde a infância a hostilidade e a crueldade sem sentido das pessoas, algo incompreensível para mim; deixava-me pasmo o trabalho penoso de uns e a satisfação animal de outros; aprendi cedo que quanto mais 'perto de Deus' as pessoas religiosas se consideram, mais longe estão daqueles que trabalham para elas, mais impiedosas são suas exigências com o povo operário. Em geral, vi muita vilania na vida cotidiana, muito mais do que vocês vêem. Além disso, eu a vi nas formas mais nojentas, pois quem vocês vêem agora são pequenos-burgueses amedrontados pela revolução e já não muito seguros de seu direito de ser assim como eles são, por natureza; mas eu vi a pequena-burguesia totalmente certa de que vive bem e que essa vida boa e tranqüilinha estabeleceu-se solidamente e para sempre.

Naquela época eu já lia traduções de romances estrangeiros, entre os quais caíram em minhas mãos livros de escritores excelentes, como Dickens e Balzac, e os romances históricos de Enswort, Bulwer-Lytton, Dumas. Esses livros contavam-me sobre gente de grande força de vontade e de caráter bem delineado; pessoas que tinham outras alegrias e que sofriam de outra maneira, tornavam-se inimigos por causa de discordâncias sérias. Enquanto em minha volta a gente miúda mostrava-se avarenta, invejosa, exacerbava-se, brigava e ia a julgamento porque o filho do vizinho havia machucado o pé da galinha com uma pedra ou porque tinha quebrado a vidraça, ou porque a torta havia queimado, a carne da sopa cozinhara demais ou o leite azedara. Essa gente era capaz de apoquentar-se o dia inteiro porque o merceeiro cobrou um copeque a mais por uma libra de açúcar ou o vendedor de tecidos por um *archin* de chita. Os pequenos desgostos dos vizinhos davam-lhe alegria, escondida sob uma falsa compaixão. Vi muito bem que era o copeque que servia de Sol nos céus dos pequenos-burgueses e que era ele que incendiava entre as pessoas a inimizade mesquinha e suja. Panelas, samovares, cenouras, galinhas, blinis, missas, aniversários, enterros, comer feito porcos, beber até cair e vomitar – eis o conteúdo da existência das pessoas com quem convivi no início de minha vida. Essa vida detestável provocava em mim ora um tédio sonífero e entorpecente, ora uma vontade de fazer alguma baderna, para eu despertar. Sobre esse tipo de tédio há pouco escreveu, provavelmente, um de meus correspondentes, jovem de dezenove anos:

Com todas as fibras de meu coração detesto esse tédio entre os fogareiros a querosene, fofocas e ganidos de cachorros.

De vez em quando, esse tédio explodia em mim com alguma travessura maluca; à noite, eu subia no telhado e tapava as chaminés com trapos e lixo; acrescentava sal nas sopas que ferviam no fogão; através de canudinhos de papel, soprava pó nos mecanismos dos relógios de parede; enfim, fazia muitas coisas que chamam de desordens; fazia isso porque queria me sentir vivo e não conhecia, não encontrava outros meios de me certificar disso. Parecia que estava perdido numa floresta com árvores arrancadas pela tempestade, enredada por arbustos, num solo de humo com as pernas afundadas até o joelho.

Lembro-me de um caso: na rua em que eu vivia passavam prisioneiros que eram levados até o vapor que os conduziria à Sibéria, pelo Volga e Kama; eu sentia uma atração estranha por essa gente cinzenta; talvez invejasse que, mesmo escoltados e agrilhoados, eles iam para algum lugar, enquanto eu deveria continuar vivendo no porão, feito uma ratazana solitária, naquela cozinha suja com chão de tijolos. Um dia, o grupo que passava era numeroso, os forçados marchavam tilintando seus grilhões; dois que iam pelo flanco próximo à calçada estavam agrilhoados um ao outro por um braço e uma perna; um deles, grandalhão, de barba preta e olhos de cavalo, com uma profunda cicatriz vermelha na testa e a orelha estropiada, tinha um aspecto terrível. Querendo examiná-lo, fui acompanhando-os pela calçada, e ele me gritou, em tom alegre:

"Vamos, garotinho, passeie com a gente!".

Foi como se ele me pegasse pela mão.

Corri até ele, mas o policial empurrou-me, xingando. E se não tivesse me empurrado eu teria ido como um sonâmbulo atrás desse homem assustador, teria ido justamente porque ele era insólito, nada parecido com as pessoas que eu conhecia; não me importavam sua aparência terrível e os grilhões, contanto que eu fosse embora para outra vida. Por muito tempo lembrava-me desse homem e de sua voz bondosa e alegre. Outra impressão minha muito forte está ligada à figura dele: caiu na minha mão um livro grosso sem as primeiras páginas; comecei a ler e nada entendi, além do conto de uma página sobre o rei que ofereceu um título nobre a um simples fuzileiro, ao que este respondeu em versos:

> Ah, deixe-me viver e terminar a vida como um livre camponês.
> Meu pai era mujique, será mujique meu filho. A fama é maior
> quando gente simples em ação, talvez,
> revele-se melhor do que um grão-senhor.

Copiei esses pesados versos em meu caderno e durante muitos anos serviram como o bastão para o peregrino, ou como um escudo que me defendia das tentações e dos maus sermões de pequenos-burgueses, "grãos-senhores" da época. Provavelmente, muitos jovens encontram na vida palavras que dão à sua imaginação uma força que os move como o vento favorável que enfuna a vela do barco.

Uns dez anos depois, soube que esses versos são da *Comédia sobre o alegre fuzileiro George Greene e sobre Robin Hood*[2], escritos no século XVI pelo precursor de Shakespeare, Robert Greene. Fiquei muito feliz em saber disso e apaixonei-me mais ainda pela literatura, amiga fiel e que ajuda as pessoas em sua vida difícil desde os tempos antigos.

Sim, camaradas, sei muito bem o que é o medo diante da vulgaridade e a crueldade da vida; cheguei a tentar me matar e depois, no decorrer de muitos anos, lembrando-me dessa tolice, sentia uma vergonha pungente e um desprezo por mim mesmo.

Livrei-me desse medo depois de entender que as pessoas não são tão más e ignorantes assim, e que não eram elas nem a vida que me assustavam; assustava-me minha falta de conhecimento

---

2. Trata-se de *A pleasant conceyted comedie of George a Greene*. (N. de T.)

em questões sociais e outras, meu desamparo e minha incapacidade de defender-me dessa vida. Foi exatamente isso. E acho que vocês devem pensar muito bem sobre isso, porque os medos, os lamentos e as queixas de alguém do seu meio não são senão o resultado desse desamparo que os queixosos sentem diante da vida e sua incredulidade em relação à sua incapacidade de lutar contra tudo, seja exterior, seja interior, que o 'velho mundo' usa para oprimir o homem.

Devem saber que homens como eu eram solitários, rebentos da 'sociedade', mas vocês já são centenas e são filhos consangüíneos de uma classe trabalhadora que tem consciência de suas forças, que tem o poder e aprende rapidamente a apreciar o trabalho útil dos indivíduos. No poder de operários e camponeses vocês têm o poder que deve e pode ajudá-los a desenvolver e aperfeiçoar suas capacidades, o que ele já está fazendo pouco a pouco. E faria ainda com maior êxito se a burguesia, inimigo jurado dele e de vocês também, não atrapalhasse sua vida e seu trabalho.

Vocês devem armar-se de confiança em si mesmos, em suas forças, e essa confiança só é adquirida com a superação de obstáculos, a educação da força de vontade e seu 'treinamento'. É preciso aprender a superar a imprestável herança do passado dentro e fora de si, senão como vão 'renegar o mundo velho'? Não vale a pena cantar essa canção se não houver força, não houver vontade de fazer aquilo que ela ensina. Uma pequena vitória já faz o homem muito mais forte. Vocês sabem que, treinando o corpo, o homem se torna sadio resistente e hábil, e assim se deve treinar a mente, a força de vontade.

Eis um dos formidáveis alcances desse tipo de treinamento: recentemente, apresentou-se em Berlim uma mulher que segurava em cada mão dois lápis e um quinto na boca; ela podia escrever simultaneamente cinco palavras diferentes e em línguas diferentes. Isso parece totalmente inverossímil e não apenas porque fisicamente é difícil, mas porque exige uma fragmentação antinatural da mente, porém é um fato. Por outro lado, esse fato mostra que o homem, na realidade, gasta inutilmente suas brilhantes capacidades na caótica sociedade burguesa, na qual, para chamar a atenção, é preciso andar pela rua de pernas para o ar, quebrar recordes de velocidade em movimentos de utilidade duvidosa, jogar xadrez com vinte adversários ao mesmo tempo, executar 'truques' incríveis de acrobacia e versificação, enfim, esforçar-se heroicamente e quebrar a cabeça para divertir pessoas saturadas, tirá-las do tédio.

Vocês, jovens, precisam saber que tudo de realmente valioso, eternamente útil e belo que a humanidade alcançou nas ciências, artes e na técnica, foi criado por algumas pessoas que trabalharam em condições indizivelmente difíceis, em meio à profunda ignorância da 'sociedade', da resistência hostil da Igreja, do interesse próprio capitalista e de exigências caprichosas dos 'mecenas' – 'patronos das ciências e artes'. É preciso lembrar também que, entre os criadores da cultura, havia muitos operários simples, como os célebres físicos Faraday e Edison. O barbeiro Arkwright inventou a máquina de fiar; um dos melhores artistas ceramistas foi o ferreiro Bernard Palissy; o maior dramaturgo do mundo, Shakespeare, foi um simples ator, assim como o grande Molière – chegam a centenas os exemplos do 'treinamento' bem-sucedido das capacidades das pessoas.

Tudo isso foi possível apenas para alguns poucos que trabalhavam sem a bagagem de conhecimento científico e equipamento técnico existentes na atualidade. Pensem, então, a facilidade das tarefas do trabalho cultural em nosso Estado, onde a meta é libertar o homem do trabalho absurdo, da exploração cínica da mão-de-obra; da exploração que cria ricaços de rápida degeneração e ameaça com a degeneração a classe trabalhadora.

Vocês têm diante de si a grande causa certa de 'renegar o mundo velho' e criar um novo. O início a essa causa já foi dado. E, a exemplo de nossa classe operária, cresce por toda parte. E quaisquer que sejam as barreiras que o velho mundo coloque para essa causa, ela vai se desenvolver. Para ela, pouco a pouco, o povo operário de toda a Terra se prepara. Cria-se uma atmosfera de simpatia em relação ao trabalho de alguns indivíduos que agora aparecem não como estilhaços da coletividade, mas como porta-vozes de vanguarda da força de vontade criadora dele.

Diante dessa meta, estabelecida pela primeira vez, corajosamente, em toda a sua amplitude, a pergunta 'o que fazer' não deveria ter lugar. "É difícil viver"? Será que é tão difícil assim? Não seria difícil porque as necessidades cresceram e dá vontade de fazer coisas com as quais nossos pais nem sonhavam, nem viam? Por acaso vocês não se tornaram exigentes demais?

Tenho certeza de que, entre vocês, já não são poucos os que compreendem a alegria e a poesia do trabalho coletivo, trabalho que não tem por objetivo acumular um milhão de copeques, mas aniquilar esse maléfico poder do copeque sobre o homem – a maior maravilha do mundo e criador de todas as maravilhas na Terra.

Respondo à pergunta: "Como me tornei escritor?".

Recebia as impressões diretamente da vida e dos livros. As primeiras podem ser comparadas com a matéria-prima; as segundas, com os pré-fabricados ou, *grosso modo*, para ser mais explícito, no primeiro caso eu via o gado e, em segundo, o couro, tirado dele e já bem trabalhado. Devo muito à literatura estrangeira e, principalmente, à francesa.

Meu avô era cruel e avarento, porém eu não o via nem o entendia tão bem como vi e entendi depois de ler *Eugênia Grandet*, romance de Balzac. O pai de Eugênia, o velho Grandet, também era avarento e cruel e se parecia com meu avô, em termos gerais, porém era mais tolo e menos interessante do que meu avô. Na comparação com o francês, o velho russo que eu não amava ganhou, cresceu. Isso não fez com que eu mudasse minha atitude em relação a ele, mas foi uma grande descoberta: *o livro tem a capacidade de provar sobre o homem aquilo que desconheço e não vejo nele.* O entediante livro de George Eliot, *Middlemarch*, os livros de Auerbach e Spielhagen mostraram-me que nas províncias inglesas e alemãs as pessoas vivem não exatamente como os moradores da rua Zvezdínskaia em Nijni Nóvdorod, mas um pouco melhor. Porém, conversam sobre os mesmos assuntos: sobre seus tostões, ingleses e alemães, sobre a necessidade de temer e amar a Deus. Como o pessoal de minha rua, eles não amavam uns aos outros, particularmente àquelas pessoas singulares, que não se pareciam com a maioria das pessoas de seu meio. Eu não procurava semelhanças entre os estrangeiros e os russos, não, eu procurava diferenças e encontrava semelhanças.

Amigos de meu avô, os mercadores falidos Ivan Schúrov e Iákov Kotélnikov, divagavam sobre as mesmas coisas e da mesma maneira que as personagens do famoso romance de Thackeray, *Vanity fair*. Aprendi a ler com o Livro dos Salmos e gostava muito desse livro que fala uma bela língua musical. Quando Iákov Kotélnikov, meu avô e os velhos em geral queixavam-se uns aos outros de seus filhos, eu me lembrava das queixas do rei Davi a Deus sobre seu filho, o rebelde Absalão, e parecia-me que os velhos não falavam a verdade, provando para eles mesmos que as pessoas, em geral, e os jovens, principalmente, vivem cada vez pior, tornam-se mais tolos, preguiçosos, desobedientes e não tementes a Deus. Exatamente aquilo que falavam os personagens hipócritas de Dickens.

Ouvindo atentamente as discussões dos sectários dogmáticos com os popes, eu notava que uns e outros se prendem muito à palavra, como os eclesiásticos de outros países, que para todos os eclesiásticos a palavra é como freio para o homem e que há escritores muito parecidos com os eclesiásticos. Nessa semelhança logo senti algo duvidoso, embora interessante.

Não havia nenhum sistema nem sucessão em minha leitura, é claro, tudo era por acaso. Viktor Serguêiev, irmão de meu patrão, gostava de ler a literatura popular francesa de Xavier de Montépin, Gaboriau, Zaccone, Bouvier e, depois de ter lido esses autores, encontrei livros russos que descreviam os 'niilistas revolucionários' com hostilidade e ironia. Li também *O rebanho de Panúgrgovo*, de Vssévolod Krestóvski, *Sem saída* e *Relações estremecidas,* de Stebnítski-Leskov, *Miragem*, de Kliúchnikov e *Mar agitado*, de Píssemski. Foi interessante ler sobre pessoas que em nada se pareciam com as de meu convívio e, de preferência, com parentes daquele condenado que me convidou a 'passear' com ele. O 'espírito revolucionário' dessa gente ficou incompreendido por mim, claro, o que fazia parte dos objetivos de autores que pintavam os 'revolucionários' somente com a cor da fuligem.

Por acaso, caíram em minhas mãos os contos de Pomialóvski, "Mólotov" e "A felicidade pequeno-burguesa". Pois quando Pomialóvski mostrou-me 'a penosa pobreza' da vida pequeno-burguesa, a miséria da felicidade pequeno-burguesa, foi que percebi, embora vagamente, mas mesmo assim senti que os soturnos niilistas, em alguma coisa, são melhores do que o bem-sucedido Mólotov. E, logo depois de Pomialóvski, li o mais enfadonho livro de Zarúbin, *Lados escuros e claros da vida russa;* não achei nele os lados claros, mas os escuros tornaram-se para mim mais compreensíveis e mais repugnantes.

Foram inúmeros os livros ruins que li, mas mesmo eles me foram úteis. Na vida é preciso conhecer as coisas más tão bem quanto as boas. É preciso saber o máximo possível. Quanto mais variada é a experiência, mais ela eleva o homem, mais ampla se torna sua visão.

A literatura estrangeira deu-me um rico material para comparações e surpreendeu-me com sua admirável mestria. Ela retratava os personagens com tanta nitidez e plasticidade que eles me pareciam perceptíveis fisicamente e, além disso, sempre os vi mais ativos do que os russos, agiam mais e falavam menos.

Uma influência de formação como escritor verdadeiramente profunda exerceu em mim a 'grande' literatura francesa – Stendhal, Balzac, Flaubert; eu recomendaria aos 'principiantes' ler esses autores. São realmente artistas geniais, grandes mestres da forma; artistas como eles a literatura russa ainda não possui. Eu os li em russo, mas isso não me impediu de sentir a força da arte literária dos franceses. Depois de inúmeros folhetins, depois de Mayne Reid, Gustav Emar, Kooper, Ponson du Terraille, os contos dos grandes artistas davam-me a impressão de algo miraculoso.

Lembro-me de que lia "Um coração simples", de Flaubert, no Dia da Santa Trindade, à noite, sentado no telhado de um galpão, onde subi para me esconder da gente com estado de espírito festivo. Fiquei totalmente pasmo com o conto, como que ensurdecido e cego: a barulhenta festa primaveril foi encoberta pela figura da mulher simples, uma cozinheira, que não teve façanha alguma, não cometeu crime algum. Foi difícil entender, por que tanto me emocionaram as palavras simples, conhecidas por mim e colocadas por um homem em um conto sobre a vida 'desinteressante' de uma cozinheira? Nisso se escondia algum truque incompreensível e, não estou inventando, às vezes eu examinava as páginas contra a luz, maquinal e ferozmente, tentando decifrar esse truque nas entrelinhas.

Conheço dezenas de livros com descrições de misteriosos crimes sangrentos. Mas então leio as *Crônicas italianas* de Stendhal, e novamente não consigo entender – como isso foi feito? O homem descreve pessoas cruéis, assassinos vingativos, e leio seus contos como se fossem *A vida dos santos*, ou ouço *O sonho de Nossa Senhora* – novela sobre suas 'andanças pelos martírios' das pessoas no inferno.

E fiquei completamente pasmo quando no romance *A pele de Onagro*, de Balzac, li as páginas que retratam o festim na casa do banqueiro, onde cerca de vinte pessoas falam ao mesmo tempo, criando um barulho caótico, e eu parecia ouvir toda aquela polifonia. Porém, o principal não era somente ouvir, mas ver quem fala e de que maneira, ver os olhos, os sorrisos, os gestos dessas pessoas, apesar de Balzac não ter retratado os rostos nem as figuras dos convidados do banqueiro.

Em geral, a arte de retratar pessoas com palavras, a arte de fazer seu discurso vivo e audível, a perfeição da mestria do diálogo de Balzac e dos franceses sempre me causaram admiração. Os livros de Balzac são como pinturas a óleo, e quando vi as obras de Rubens pela primeira vez, lembrei-me justamente de Balzac. Lendo os loucos livros de Dostoiévski, não posso deixar de pensar que ele deve muito a esse grande mestre do romance. Eu gostava também dos livros dos Goncourt, secos e precisos como desenhos feitos à pena, e da pintura sombria e escura de Zola. Já os romances de Victor Hugo não me envolviam; mesmo o *Noventa e três* li com indiferença; a causa dessa indiferença ficou clara para mim depois que conheci *Os deuses têm sede*, de Anatole France. Li os romances de Stendhal depois que aprendi a odiar muitas coisas, e seu discurso tranqüilo, seu risinho cético muito consolidaram esse meu ódio.

De tudo o que eu disse conclui-se que aprendi a escrever com os franceses. Aconteceu por acaso, mas acho que não foi ruim, por isso aconselho muito aos jovens escritores que aprendam a língua francesa, para ler os grandes mestres no original, e aprendam com eles a arte da palavra.

A 'grande' literatura russa – Gógol, Tolstói, Turguêniev, Gontcharov, Dostoiévski, Leskov – li bem mais tarde. Não há dúvida de que Leskov, com seu surpreendente conhecimento e riqueza de linguagem, exerceu influência sobre mim. É um excelente escritor e fino conhecedor da vida russa, cujos méritos literários ainda não foram reconhecidos devidamente. A. P. Tchékhov dizia que também devia muito a ele. Acho que A. Rêmizov poderia dizer o mesmo.

Mostro-lhes essas relações e influências para repetir: é necessário para um escritor conhecer a história do desenvolvimento da literatura estrangeira e russa.

Com cerca de vinte anos de idade comecei a entender que vi, ouvi e vivi muito daquilo que poderia e até deveria contar às pessoas. Parecia-me que algumas coisas eu sabia e sentia de uma maneira diferente dos outros; isso me confundia, suscitava inquietude e loquacidade. Mesmo lendo obras de mestres como Turguêniev, pensava às vezes que poderia contar sobre os personagens de *Narrativas de um caçador* de um modo diferente, não como feito por ele. Naqueles anos eu já possuía fama de narrador interessante; os carregadores, padeiros, 'vagabundos', carpinteiros, ferroviários, 'peregrinos de lugares sagrados' e as pessoas que me cercavam ouviam-me atentamente. Falando-lhes sobre os livros que tinha lido, a cada vez eu me pegava alterando o original, acrescentando algo de minha própria experiência. Isso acontecia porque os fatos reais e a literatura juntavam-se numa coisa só. Como o homem, o livro também é um fenômeno da vida, é um fato vivo que fala; é menos 'coisa' do que todas as outras coisas já criadas pelo homem e as que ainda estão em criação.

Os intelectuais me ouviam contar e aconselhavam-me:

"Escreva! Tente escrever!"

Com freqüência eu me sentia meio embriagado e tinha ataques de loquacidade, de uma fúria verbal de tanta vontade de botar para fora tudo o que me afligia e alegrava, vontade de contar para me 'descarregar'. Houve momentos de tensão muito penosa, quando eu, como um histérico, sentia um 'nó na garganta' e tinha vontade de gritar: "O vidraceiro Anatóli, meu amigo, é um rapaz talentoso, vai se perder se não for ajudado; a prostituta Teresa é boa pessoa, não é justo que seja prostituta, e os estudantes que se aproveitam dela não estão vendo isso, assim como não vêem que a velha mendiga Matitsa é mais inteligente do que a jovem parteira Iákovleva, mulher de muita leitura!"

Em segredo, mesmo de meu amigo íntimo Gúri Pletniov, um estudante, eu escrevia versos sobre Teresa, Anatóli, sobre a neve que se derrete na primavera, não para correr como água suja das ruas para os porões, onde trabalham os padeiros, que o Volga é um rio bonito, que o confeiteiro Kúzin é Judas, o traidor, e que a vida é uma porcaria, uma angústia que mata a alma.

Escrevia versos com facilidade, mas via que eram horríveis e sentia desprezo de minha incapacidade e mediocridade. Lia Púchkin, Liérmontov, Nekrássov, Béranger na tradução de Kúrotchkin e via muito bem que não tinha nada em comum com nenhum deles. Não ousava escrever prosa, ela me parecia mais difícil que versos, exigia uma visão bem requintada, uma sagaz capacidade de ver e notar o que os outros não vêem e uma construção de palavras extraordinária, muito compacta e forte. E, mesmo assim, comecei a me testar em prosa e optei pelo estilo 'rítmico', achando que o estilo comum estava acima de minhas forças. As tentativas de escrever de maneira simples davam resultados tristes e ridículos. Escrevi o enorme 'poema' "Canção do velho carvalho" em prosa rítmica. V. G. Korolénko arrasou, com uma dezena de palavras, essa coisa de madeira em que expus minhas idéias a respeito do artigo 'O turbilhão da vida', sobre a teoria da evolução, publicado, se não me engano, na revista científica *Znánie*[3]. Em minha memória sobrou apenas um verso do poema:

"Eu vim ao mundo para discordar" – e parece que realmente não concordava com a teoria da evolução.

Mas Korolénko não me curou da queda pela prosa 'rítmica' e, passados mais uns cinco anos, elogiando meu conto "O velho Arkhip", disse que eu em vão temperara o conto com "algo parecido com versos". Não acreditei, mas em casa, ao rever o conto, certifiquei-me com amargura de que uma página inteira, a descrição da chuva torrencial na estepe, fiz exatamente dessa maldita maneira

---

3. Conhecimento. (N. de T.)

rítmica. Ela me perseguiu por muito tempo, infiltrando-se nos contos, imperceptível e despropositalmente. Eu começava os contos com frases cantantes, assim, por exemplo: "Os raios da lua passaram por ramos do corniso e dos arbustos"; e depois que o conto foi publicado verificou-se, para minha vergonha, que "raios da lua" não soam bem e a palavra "passaram" não era a certa para esse caso. Em outro escrevi: "o boleeiro botou no bolso..." e esses três "bo" juntos não enfeitavam a 'vida penosamente pobre'. Em geral, eu procurava escrever 'bonito'.

"O bêbado, encostado no poste de iluminação, olhava sorrindo para sua sombra – ela estremecia", enquanto, segundo minhas próprias palavras, era uma noite serena de luar, e nessas noites não era costume acender os lampiões. Além disso, a sombra não podia estremecer; se não ventava, a chama não tremia. 'Lapsos' e 'deslizes' como esses se encontravam em quase todos os meus contos e eu me repreendia duramente por isso.

"O mar ria" – escrevi, e durante muito tempo acreditava ter escrito bem. Na busca da beleza, pecava constantemente na precisão das descrições, colocava os objetos incorretamente, dava uma iluminação errada às pessoas.

"Seu forno não está do jeito certo", observou L. N. Tolstói, falando do conto "Os vinte seis e uma". Verificou-se que o forno para assar roscas não poderia ter iluminado os padeiros, assim como escrevi. E Tchékhov disse sobre Medínskaia, do *Fomá Gordêiev*:

"Meu caro, ela tem três orelhas, uma está no queixo, veja!" E tinha razão; tão mal eu a colocara contra a luz.

Esses erros que parecem pequenos têm muita importância porque deturpam a verdade da arte. Em geral, é muito difícil achar as palavras certas e colocá-las de tal maneira que com poucas delas muito seja dito, "para que as palavras não se sintam apertadas e as idéias estejam à vontade", para que elas componham um quadro vivo, destaquem laconicamente o traço principal da personagem e fixem na memória do leitor os movimentos, o andamento e o tom da fala da pessoa retratada. Uma coisa é 'pintar' pessoas e objetos com palavras; outra é retratá-las de maneira tão 'plástica', viva, que dê vontade de tocá-las com a mão, como muitas vezes dá vontade de tocar as personagens de *Guerra e paz*, de Tolstói.

Um dia, precisava descrever em poucas palavras o aspecto geral de uma cidadezinha provinciana da região central da Rússia. Passaram-se talvez umas três horas antes que eu conseguisse achar as palavras e colocá-las na seguinte ordem:

"Uma campina ondeada, toda cortada por caminhos cinzentos e a variegada cidadezinha de Okúrov no meio dela, como um brinquedo engenhoso na enrugada palma da mão."

Pareceu-me que escrevi bem, mas depois que o conto foi publicado, vi que fiz algo parecido com um biscoito enfeitado ou uma caixa de bombons bonitinha.

Em geral, é preciso empregar as palavras com precisão mais rigorosa. Eis um exemplo de outro campo: "A religião é ópio".

Mas os médicos ministram ópio aos doentes como remédio que aplaca a dor; significa que ópio é útil para o homem. Enquanto a maior parte da população nem sabe que se fuma ópio como tabaco e que se morre disso, por ser um veneno muito mais prejudicial que o álcool, a vodka.

Meus malogros sempre me fazem lembrar das amargas palavras de um poeta:

"Não há martírio maior no mundo que o martírio da palavra."

Em *O tormento da palavra*, editado pela Gosizdat em 1927, A. D. Gornfeld fala melhor do que eu sobre isso.

Recomendo muito esse bom livro aos 'jovens camaradas da pena'.

"É fria e lamentável nossa pobre língua", disse Nádson, se não me engano, e poucos poetas não lamentaram a 'pobreza' da língua.

Acho que essas queixas não se referem à 'pobreza' da língua russa, mas da língua humana em geral, e sua causa são idéias e sentimentos fugidios, indizíveis com palavras. É justamente sobre isso que fala muito bem o livro de Gornfeld. Mas excluindo o "indizível com palavras", a língua russa é de uma riqueza inesgotável, e se enriquece com rapidez surpreendente. Para se convencer desse rápido crescimento, basta comparar o estoque de palavras, o léxico de Gógol, Tchékhov e Turguêniev com o de Búnin, por exemplo, Dostoiévski ou o de Leonid Leónov. Ele mesmo declarou à imprensa que foi influenciado por Dostoiévski, e poderia dizer que, em certos aspectos – entre eles eu destacaria a apreciação da razão –, dependia também de Liev Tolstói. Mas essas duas dependências comprovam apenas o valor do jovem escritor e não diminuem em nada sua peculiaridade. No romance *O ladrão*, ele mostrou indiscutivelmente que sua riqueza lingüística é admirável; ele já nos deu uma série de palavras muito precisas, sem falar na construção de seu romance, que surpreende pela composição complexa e engenhosa. Parece-me que Leónov é homem de 'sua própria canção', muito original, canção que ele apenas começou a cantar, e nem Dostoiévski nem ninguém pode impedi-lo de fazê-lo.

Cabe lembrar que a língua é criada pelo povo. Sua classificação como literária e popular significa que temos uma língua 'crua', por assim dizer, e a elaborada pelos mestres. Púchkin foi o primeiro a entender isso perfeitamente, e também foi o primeiro a mostrar como devem ser usados os meios da linguagem popular e como eles devem ser trabalhados.

O artista é o sensor emocional de seu país e de sua classe, é o ouvido, a vista e o coração deles; é a voz de sua época. É obrigado a saber cada vez mais, e quanto mais conhece o passado, mais compreensível lhe será o presente, mais forte e mais profundamente sentirá o caráter revolucionário universal do nosso tempo e a amplitude de suas tarefas. É necessário e obrigatório conhecer a história do povo, assim como é necessário conhecer seu pensamento político-social. Os cientistas são historiadores da cultura, os etnógrafos assinalam que esse pensamento se reflete em contos populares infantis, lendas, provérbios e ditados. E justamente os provérbios e ditados refletem o pensamento das massas populares em toda a sua plenitude edificante; e para os escritores principiantes é muito proveitoso conhecer esse material, não apenas porque ele ensina de forma magnífica a economizar palavras, a ser lacônico e expressivo, mas por outra razão também: a população predominante do País dos Soviets são os camponeses, de cujo barro a história esculpia operários, pequenos-burgueses, mercadores, popes, funcionários públicos, nobres, cientistas e artistas. O pensamento dos camponeses formou-se com o zelo especial dos eclesiásticos das igrejas estatais e dos sectários religiosos que romperam com a Igreja. Desde os tempos remotos, eles foram ensinados a pensar em formas prontas e rígidas, como são os ditados e os provérbios, cuja maioria não é senão uma síntese dos ensinamentos eclesiásticos. "Só a Deus compete julgar", "Deus dá, Deus tira", "Deus ajuda quem cedo madruga", "O futuro a Deus pertence", "Devagar se vai ao longe", "Dá o passo conforme a perna", "Cada macaco no seu galho"; existem centenas de ditados assim, e sob as palavras de qualquer um deles é fácil descobrir escondidos os ensinamentos dos profetas bíblicos, os 'Padres da Igreja' – João Crisóstomo, Efrém da Síria, Cirilo de Jerusalém e outros.

Quando eu lia os livros dos 'conservadores', 'guardiões e protetores do regime monárquico', não encontrava nada de novo, justamente porque em toda página interpretava-se de maneira detalhada um ou outro provérbio que eu conhecia desde a infância. Ficava perfeitamente claro que toda a sabedoria de conservadores como K. Leóntiev, K. Pobedonóstsev e outros é permeada daquela 'sabedoria do povo', na qual fora solidamente embutida a doutrina eclesiástica.

Existem, é claro, muitos provérbios de outro sentido como, por exemplo, "Tanto tens, tanto vales; nada tens, nada vales", "Cada um por si, e Deus por todos", "Ao vilão, se deres o pé, tomar-te-à a mão".

Em geral, os ditados e os provérbios constituem de modo exemplar toda a experiência social, histórica e de vida do povo trabalhador, e para o escritor é indispensável conhecer o material que o ensina a cerrar as palavras como os dedos no punho, palavras fortemente comprimidas por outras, e desenrolá-las de tal maneira que desnudem tudo o que há de oculto, hostil e morto para os objetivos da época.

Eu aprendi muito com os provérbios, ou, em outras palavras, com o pensamento em aforismos. Lembro-me de um caso: meu amigo Iákov Soldátov, gracejador, varredor, estava varrendo a rua. A vassoura era novinha e ainda limpa. Iákov olhou para mim, piscou o olho alegremente e disse:

— É uma ótima vassoura, mas não acaba com a sujeira, eu varro e os vizinhos trazem de volta.

Entendi claramente, o varredor disse bem. Mesmo que os vizinhos varram seu terreno, o vento trará sujeira de outras ruas; mesmo que todas as ruas ficassem limpas, a poeira viria do campo, das estradas e de outras cidades. O trabalho perto de sua própria casa certamente é necessário, mas dará resultados mais ricos se for expandido para toda a rua, a cidade, a Terra.

É assim que pode ser interpretado um ditado; eis um exemplo de como ele é criado: em Níjni Nóvgorod houve um surto de cólera, e um pequeno-burguês andava falando que os médicos matavam os doentes de fome. O governador Baránov ordenou que o prendessem e o mandassem trabalhar como enfermeiro no hospital de isolamento de cólera. Depois de ter trabalhado lá algum tempo, o pequeno-burguês teria agradecido ao governador pela lição e Baránov lhe respondeu:

— Metendo a cara na verdade, não se mente mais!

Baránov era um homem grosseiro, mas nada bobo, e acredito que possa ter dito essas palavras. Aliás, não importa quem as pronunciou.

Pois foi com esses pensamentos vivos que eu aprendi a pensar e a escrever. Esses pensamentos de varredores, de advogados, de 'degenerados' e de diversas outras pessoas eu encontrava em livros, mas já vestidos de outras palavras; com tal imagem fatos da vida e da literatura se completavam.

Eu já falei sobre como os mestres criam personagens e 'tipos', mas talvez seja bom dar dois exemplos interessantes.

O *Fausto*, de Goethe, é excelentíssima obra entre as criações artísticas que têm como tema a 'inventividade', a invenção, ou melhor, a 'conjectura' e a personificação da idéia em imagem. Li *Fausto* quando tinha uns vinte anos e, certo tempo depois, soube que duzentos anos antes do alemão Goethe, o inglês Christopher Marlowe escreveu sobre Fausto, que o romance polonês *Pan Tvardóvski* também era um Fausto, assim como o romance *À procura da felicidade* do francês Paul Musset, e que a base de todos os livros sobre Fausto é uma lenda popular medieval sobre um homem que, na ânsia da felicidade pessoal, do poder sobre os mistérios da natureza e sobre as pessoas, vendeu a alma ao diabo. Essa lenda surgiu das observações sobre a vida e o trabalho dos 'alquimistas' medievais, que procuravam fabricar ouro e produzir o elixir da imortalidade. Havia entre essa gente sonhadores honestos, 'fanáticos pela idéia', mas havia também charlatões e embusteiros. Pois a inutilidade dos esforços desses indivíduos para chegar ao 'poder supremo' foi ridicularizada pela história das aventuras do doutor medieval Fausto, a quem nem o diabo pôde ajudar a alcançar o conhecimento universal e a imortalidade.

E, ao lado da infeliz figura de Fausto, foi criada outra conhecida por todos os povos: na Itália ela é Pulcinello; na Inglaterra, Punch; na Turquia, Karapet, e em nosso país é Petrúchka. É o herói invencível do teatro de marionetes, que vence tudo e todos – a polícia, os popes, até o próprio diabo e a morte – e torna-se imortal. Nessa imagem tosca e ingênua, o povo trabalhador personificou a si mesmo e a sua fé em que, no fim das contas, ele triunfará sobre tudo e todos.

Esses dois exemplos confirmam mais uma vez o que se disse anteriormente: a criação 'anônima', isto é, de pessoas desconhecidas[4], é também regida pelas leis da abstração, do desvio dos traços mais característicos de um ou outro grupo social e da concretização de uma generalização desses traços em uma só pessoa desse grupo. É a rigorosa observância dessas leis que ajuda o artista a criar 'tipos'. Assim Charles de Coster criou Till Ulenspiegel, o tipo nacional flamengo; Romain Rolland, o burgúndio Colas Breugnon; Alphonser Daudet, o provençal Tartarin. A criação de retratos tão vivos de pessoas 'típicas' só é possível se houver uma capacidade de observação bem desenvolvida, uma habilidade de encontrar semelhanças, ver diferenças e estudar, estudar e estudar. Na falta de conhecimento exato atuam as suposições, e de dez suposições nove estarão erradas.

Não me considero um mestre, capaz de criar personagens e tipos, equivalentes, artisticamente, a Oblómov, Rúdin e Riazánov[5]. E, mesmo assim, para escrever *Fomá Gordiêiev*, tive de conhecer algumas dezenas de filhos de mercadores, descontentes com a vida e o trabalho de seus pais; tinham uma vaga percepção de que havia pouco sentido naquela monótona "vida penosamente pobre". Pessoas como Fomá, condenadas a uma vida tediosa e ultrajadas pelo tédio, dadas à reflexão, ou se tornavam beberrões, 'esbanjadores' e desordeiros, ou partiam para o 'excesso', como Savva Morózov, cujos recursos editavam o jornal de Lênin, *Ískra*, como N. A. Mechkov, natural de Perm, dono de uma companhia de navegação que subsidiava o partido social-revolucionário, o industrial Gontcharov, de Kaluga, o moscovita N. Schmit e muitos outros. Deles surgiram também figurões da vida cultural, como o prefeito de Miliútin Tcherepovets, e uma série de mercadores moscovitas e provincianos que trabalhavam com grande habilidade nas áreas da

---

4. Nós temos o direito de chamar essas obras de criação 'popular' porque elas surgiam, provavelmente, nas oficinas dos artesãos para serem apresentadas em cena nas festas das oficinas. (N. do A.)

5. Intelectual muito bem retratado por Sleptsov na novela *Tempo difícil*. (N. do A.)

ciência e da arte, e assim por diante. A personagem do padrinho de Fomá Gordiêiev, Maiákin, foi criada com base em pequenos traços e 'provérbios', e eu não estava errado: após 1905, quando os operários e os camponeses construíram com os próprios cadáveres a estrada que levou os Maiákin ao poder, estes, como se sabe, desempenharam um grande papel na luta contra a classe operária e ainda hoje sonham em voltar a seus antigos refúgios.

Os jovens me perguntam por que escrevo sobre os 'vagabundos'.

Porque, convivendo com pequenos-burgueses, gente cuja única aspiração era chupar o sangue com trapaças, transformá-lo em copeques e destes fazer rublos, assim como meu correspondente de dezenove anos, passei a odiar "com todas as fibras do coração" essa vida de parasitas, de pessoas ordinárias, parecidas entre si como moedas de cobre de cinco copeques cunhadas no mesmo ano.

Os vagabundos, para mim, são 'gente fora do comum'. Fora do comum é o fato de eles serem pessoas 'desclassificadas' – apartadas de sua classe, repudiadas por ela – e terem perdido os traços mais característicos do aspecto de sua classe. Em Níjni, na "Millionka", na "Companhia de Ouro" conviviam amistosamente pequenos-burgueses outrora abastados, meu primo Aleksandr Kachírin, um dócil sonhador, o artista italiano Tontini, o professor de ginásio Gladkov, o barão B., o ajudante do comissário de polícia, que por pilhagem passou muito tempo na prisão, e o famoso ladrão "Nikolka, o General", cujo nome verdadeiro era Fan-der-Flit.

Em Kazan, na "Vidraçaria", viviam umas vinte pessoas, também muito diversas. O 'estudante' Rádlov ou Radunov; o velho trapeiro, que cumpriu dez anos de trabalhos forçados; Váska Gratchik, ex-lacaio do governador Andriiêvski; o maquinista Rodziévitch, da Bielorússia, filho de um sacerdote; o veterinário Davídov. Em sua maioria, esses homens eram doentes, alcoólatras, o convívio entre eles não se dava sem brigas, mas tinham o espírito de camaradagem e de ajuda mútua muito desenvolvido, e tudo o que conseguiam ganhar ou roubar era bebido e comido por todos. Eu via que, embora vivessem pior do que 'pessoas ordinárias', eles se sentiam e tinham consciência de ser melhores do que elas, porque não eram avarentos, não se estrangulavam, não acumulavam dinheiro. Alguns deles bem poderiam acumular, pois ainda permaneciam neles sinais de 'pessoas econômicas' e o amor à vida 'decente'. E poderiam fazer isso porque Váska Gratchik, ladrão hábil e sortudo, trazendo-lhes suas aquisições, entregava-as ao 'tesoureiro' Rodziévitch, que dispunha da 'economia' da 'Vidraçaria' sem controle nenhum e era uma pessoa muito mole e sem caráter.

Lembro-me de cenas desse tipo: alguém roubou botas de caçador em bom estado e decidiram gastá-las em bebida. Mas Rodziévitch, doente e, poucos dias antes, espancado pela polícia, disse que para isso seria melhor gastar apenas os canos das botas, mas dar as gáspeas ao "Estudante", que anda com calçados completamente furados.

— Vai pegar friagem nos pés e bater as botas, mas é uma boa pessoa.

As gáspeas foram cortadas; porém, o velho condenado sugeriu usar os canos para fazer dois pares de lápti: um para ele e o outro para Rodziévitch. Acabaram não gastando as botas em bebida. Gratchik explicava sua amizade para com essa gente e a ajuda generosa com seu amor por pessoas 'cultas'.

— Eu, meu caro, gosto de um homem culto mais do que de uma linda mulher — dizia-me ele. Era um homem estranho, de cabelo preto, rosto fino e bonito, e sorriso simpático; sempre pensativo, de poucas palavras, ele subitamente explodia em alegria impetuosa, quase louca, dançava, cantava, falava de seus êxitos, abraçava todo mundo como em uma despedida, partindo para uma guerra, para a morte. Com os meios que ele arranjava alimentavam-se oito mendigos, velhos e velhas e uma jovem, demente, com um filhinho de um ano, que habitavam o porão da taverna Butov, na rua Zádniaia

Mókraia, onde agora se encontra a Estação de Moscou. Tornou-se ladrão da seguinte maneira: na época de lacaio do governador, passou a noite com sua amada e, voltando de manhã para casa, de ressaca, pegou das mãos de uma camponesa-leiteira a jarra de leite e começou a bebê-lo; apanharam-no, pôs-se a brigar; o severo juiz de paz Kolontáiev, um grande liberal, meteu-o na cadeia. Cumprida a pena, Váska penetrou no gabinete de Kolontáiev, rasgou seus papéis, surrupiou um despertador e um binóculo e novamente foi parar na prisão. Conheci-o logo depois de um roubo malsucedido no bairro Tártato. Ele estava sendo perseguido por guardas noturnos; passei uma rasteira em um deles, ajudei Vassíli a escapar e fugi junto com ele.

Entre os vagabundos havia pessoas estranhas, muitas coisas neles eu não entendia, mas me cativava o fato de eles nunca se queixarem da vida, falavam com troça e ironia sobre o bem-estar dos 'pequenos-burgueses' e sem inveja dissimulada, não porque "o que os olhos não vêem, o coração não sente", mas como se fosse por orgulho, nascido da consciência de que vivem mal, porém são melhores do que os que vivem "bem".

Pela primeira vez vi Kuvalda, retratado por mim em *Os degenerados*, que tinha um albergue, na câmara do juiz de paz Kolontáiev. Surpreendeu-me o sentimento de dignidade com que esse homem em trapos respondia às perguntas do juiz, o desprezo com que objetava o policial acusador e a vítima, dono de uma taverna, espancado por Kuvalda. Admirou-me também a ironia sem rancor de um vagabundo de Odessa que me contou o caso, narrado por mim no conto "Tchiôlkach". Estive com ele no mesmo quarto do hospital de Nikoláiev (da região de Khersonsk). Lembro-me bem de seu sorriso que mostrava os dentes brancos perfeitos, sorriso com o qual ele concluiu a narrativa sobre a atitude traiçoeira do rapaz contratado por ele para o trabalho: "Ah, deixei-o partir com o dinheiro; vá, bobão, cresça e apareça!"

Ele me lembrou os 'nobres' heróis de Dumas. Recebemos alta juntos. Fora do hospital, sentado comigo nas fortificações do acampamento perto da cidade e servindo-me melão, ele propôs:

— Não quer fazer parceria comigo num bom negócio? Acho que você tem tino.

Senti-me muito lisonjeado com a proposta, mas naquela época eu já sabia que existiam negócios muito mais úteis do que contrabando e furto.

Pois é isso que explica minha predileção pelos 'vagabundos', a vontade de retratar pessoas 'fora do comum' e não do tipo medíocre e pequeno-burguês. Nisso influenciou também, é claro, a literatura estrangeira e, em primeiro lugar, a francesa, mais pitoresca e viva do que a russa. Mas, principalmente, atuou o desejo de embelezar por conta própria, com inventividade, a "vida penosamente pobre" da qual fala a menina de quinze anos.

Esse desejo, como já disse, chama-se 'romantismo'. Alguns críticos consideravam meu romantismo um reflexo do idealismo filosófico. Acho que isso não está certo.

O idealismo filosófico ensina que acima do homem, dos animais e de todas as coisas que o homem cria existem e prevalecem 'idéias'. Elas servem de imagens perfeitas de tudo o que é produzido pelas pessoas que, em suas atividades, dependem das idéias, e todo o seu trabalho se resume em imitar as imagens, 'as idéias', cuja existência ele sente, segundo se diz, de maneira vaga. Desse ponto de vista, em algum lugar acima de nós, existe a idéia dos grilhões e do motor de combustão interna, a idéia do bacilo da tuberculose e da espingarda de descarga rápida, a idéia do sapo, do pequeno-burguês, da ratazana e de tudo o que existe na Terra e é criado pelos homens. É perfeitamente claro que daí resulta o inevitável reconhecimento da existência de um criador de todas as idéias, um ser que não se sabe para que criou a águia e o piolho, o elefante e a rã.

Para mim, não existe idéia fora do homem; para mim, o homem, única e exclusivamente, é o criador de todas as coisas e de todas as idéias, é o homem o milagreiro e futuro soberano de todas as forças da natureza. O mais belo neste mundo é aquilo que se cria com trabalho, com a mão inteligente do homem, e todos os nossos pensamentos, todas as idéias surgem do processo do trabalho, disso nos convence a história do desenvolvimento das artes, da ciência e da técnica. O pensamento vem depois do fato. Eu 'me curvo' diante do homem, porque além das realizações de sua mente, de sua imaginação, de sua conjectura, não sinto e não vejo nada em nosso mundo. Deus é também uma invenção humana, como a 'fotografia', com a única diferença de que a 'fotografia' fixa aquilo que existe, e Deus é cópia da invenção do homem sobre si mesmo, como um ser que deseja e pode tornar-se onisciente, todo-poderoso e perfeitamente justo.

E uma vez que tocamos no assunto do 'sagrado', o sagrado é tão-somente a insatisfação do homem consigo mesmo e sua aspiração de ser melhor do que ele é; sagrado é seu ódio a todo lixo da vida cotidiana, criado por ele mesmo; sagrado é seu desejo de eliminar da Terra a inveja, a cobiça, os crimes, as doenças, as guerras e toda hostilidade entre as pessoas; sagrado é seu trabalho.

Apêndice

Edição brasileira das obras citadas neste volume

ANDRÊIEV, Leonid. "Judas Iscariotes". In *Judas Iscariotes e outras histórias* (trad. Henrique Losinsky Alves, São Paulo, Claridade, 2004).
BÁBEL, Isaac. "Cavalaria vermelha". In *Maria – uma peça e cinco histórias* (trad. Aurora Bernardini, São Paulo, Cosac & Naify, 2005).
BALZAC, Honoré de. "Um coração simples". In *Três contos* (trad. Milton Hatoum e Samuel Titan Jr., São Paulo, Cosac & Naify, 2004).
_____. *Eugênia Grandet* (trad. Moacyr Werneck de Castro, São Paulo, Abril Cultural, 1971).
_____. "A pele de Onagro". In *A comédia humana*, Balzac, 15 v. (trad. Gomes da Silveira e Vidal de Oliveira, São Paulo, Globo, 1992).
DICKENS, Charles. *As aventuras do sr. Pickwick,* (trad. Otávio Mendes Cajado, São Paulo, Globo, 2004).
DOSTOIÉVSKI, Fiódor. *Os demônios* (trad. Paulo Bezerra, São Paulo, Editora 34, 2004).
ELIOT, George. *Middlemarch* (trad. Leonardo Froes, Rio de Janeiro, Record, 1988).
GÓGOL, Nicolai. *Almas mortas* (trad. Tatiana Belinky, São Paulo, Abril Cultural, 1983).
_____. *Taras Bulba* (trad. Francisco Bittencourt, São Paulo, Abril Cultural, 1982).

Górki, Máximo. "Vinte e seis e uma". In *Contos russos* (trad. Aurélio Buarque de Hollanda e Paulo Rónai, Rio de Janeiro, Ediouro, s/d.).
Stendhal. *Crônicas italianas*, 3ª ed. (trad. Sebastião Uchôa Leite, São Paulo, Edusp, 1997).
Tchékhov, Anton. "Queridinha". In *A dama do cachorrinho e outros contos* (trad. Boris Schnaiderman, São Paulo, Editora 34, 2005).
____. *A estepe* (São Paulo, Nova Alexandria, 2003).
____. "Os mujiques". In *O assassinato e outras histórias* (trad. Rubens Figueiredo, São Paulo, Cosac & Naify, 2002).
____. *O cerejal* (trad. Bárbara Heliodora, São Paulo, Edusp, 2000).
____. *As três irmãs e contos* (trad. Boris Schnaiderman e Maria Jacintha, São Paulo, Abril Cultural, 1982).
Tolstói, Liev. *Anna Kariênina* (trad. Rubens Figueiredo, São Paulo, Cosac & Naify, 2005).
____. "Infância", "Adolescência", "Juventude", "O cadáver vivo", "Os frutos da civilização", "Ressurreição", "Sonata a Kreutzer". In *Leão Tolstói – Obra completa*, 3 v. (Rio de Janeiro, Nova Aguilar, 2004).
____. "Kholstomér", "Três mortes". In *O diabo e outras histórias*, 3ª reimp. (trad. Beatriz Morabito, Beatriz Ricci, Maira Pinto e André Pinto Pacheco, São Paulo, Cosac & Naify, 2003).
____. *Padre Sérgio* (trad. Beatriz Morabito, São Paulo, Cosac & Naify, 2001).
____. "O malfeitor", em *O malfeitor e outros contos da velha Rússia* (trad. Tatiana Belinky, Rio de Janeiro, Ediouro, s/d).